坐上树梢听风吹

吴华英子 著

金城出版社
GOLD WALL PRESS
·北京·

图书在版编目（CIP）数据

坐上树梢听风吹/吴华英子著. —北京：金城出版社有限公司，2020.10
ISBN 978-7-5155-1967-8

Ⅰ.①坐… Ⅱ.①吴… Ⅲ.①散文集－中国－当代 Ⅳ.①I267

中国版本图书馆CIP数据核字（2020）第003933号

坐上树梢听风吹

作　　者	吴华英子
责任编辑	丁洪涛
责任校对	王秋月
责任印制	李仕杰
开　　本	880 毫米 ×1230 毫米　1/32
印　　张	8.5
字　　数	120 千字
版　　次	2020 年 10 月第 1 版
印　　次	2020 年 10 月第 1 次印刷
印　　刷	天津旭丰源印刷有限公司
书　　号	ISBN 978-7-5155-1967-8
定　　价	45.00 元

出版发行	**金城出版社有限公司** 北京市朝阳区利泽东二路 3 号 邮编：100102
发 行 部	(010) 84254364
编 辑 部	(010) 84250838
交流邮箱	dinghongtaobooks@126.com
总 编 室	(010) 64228516
网　　址	http://www.jccb.com.cn
电子邮箱	jinchengchuban@163.com
法律顾问	北京市安理律师事务所 （电话）18911105819

序 言

人来人往，愿你喜欢这些字

日子不紧不慢，体重不增不减。

生活永远这么清简着日复一日，似乎早丢却了一些激情。去了一些地，看了几本书，然后就在散漫的节奏里磨磨蹭蹭虚度时光。不能说是懒惰，只是发现了某个真理，人在安逸里快乐里幸福里，连思想都会自然而然的懈怠。什么金戈铁马，什么风起云涌，统统变成旧时风景，偶尔翻看，终是平静若水。

风吹啊吹，想说的话，或说给谁，或说给自己，都不重要。

曾经那些妄语，和那些被风一吹就轻舞飞扬的岁月，它们依然在身后的风景里斑斓。一切都还好，在自己止不住回头望的时候，山是山，水是水。执笔素笺，和一曲天上人间，花开时看花，叶落时扫叶。呵，是从何时起，竟学会了这般悠悠然？且不念过往，且不畏将来。

都说往事如风，记不清到底有过怎样的匪夷所思。不再习惯说很多话，写很多字。想换一种表达方式，让四季更深刻更明了。也终于肯相信，即便什么都不用表达，时间就能证明过去和未来，坚贞、默契、隽永。双手合十，在自己的世界，听风吹过耳边，落在下一季的边缘，翩跹起舞。

满池的荷花饮清露，汲月华，伫立那么久，最终却会悄然凋谢在那水中央。都说落花有意流水无情，分明也不是如此。流年素色，静守安然，放弃该放弃的，拥有该拥有的，像一朵花儿那样绽放，纵然有一天碾落成泥，还会香如故。

淡淡行走，将平凡的日子过成一纸丹青，或浓或淡，以沉默给予最最芬芳的深情厚爱。

一些人，一些事，在红尘深处渐行渐远，慢慢沦为过客。又一些人，一些事，却在阡陌纵横里驰骋而至。所有的所有的，必定都是生命里的定数，且行且惜。

渐渐喜欢安静，在烟火里琢磨自己喜欢的事。偶有小聚，不过是那赏心的知交，无须刻意讨喜，本真面对。冷漠的世情里，容这样的温暖随时靠近。懂我的人，我懂的人，是彼此的心灵慰藉，是欢愉，是清福，一半浅喜，一半深爱。日子有风有雨，丝丝缕缕都是青涩的风景，就这样细水长流，慢慢变老，在风雨里等待艳阳，在艳阳里花开倾城。

总有些文字，只写给自己，却让一些人读了又读。每个人或多或少都有过那些风吹过时的小悸动吧，再有风起，就难免似曾相识。好在时光未老，执念仍在，能这样偶尔渲染季节的荒芜，听万物来时的脚步声，也是幸福。

字句含糊，一如既往的碎碎念。无论我写什么，必定有些懂我的，也有些自以为懂我的。不过只想与世无争，内心安定。可落在这样日日不歇的翻滚来去的冷暖里，还能多说什么？

昨夜有梦，说大雨滂沱，阳台外的多肉们受惊害怕，最后纷纷离去，留下一堆空荡荡的新旧瓦盆。泪崩到天明，醒来怅然，心颤不已。回头见它们安然无缺，顿觉世间美好，神清气朗。

风起风落，捻一枝绿随风起舞。生活在哪里，就该有哪里的模样。可舒展，可屈就，简简单单，清清爽爽。人来人往里，我只贪这一季，日日端详，日日喜爱。

愿你能够喜欢这些字。

独自开放，或是芳香满园，都好。

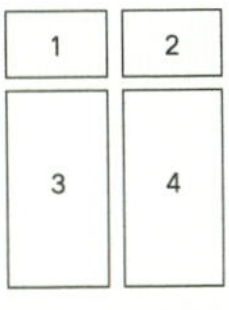

1. 今日将自己闲置，在小小的阳台布景。

2. 日常小喜。

3. 小春日和。

4. 在家中有限的地盘上整出小片丛林，一半在阳台，一半在露台。

偶尔，

会做个辛勤的园丁，

看它们欢愉生长，

渐渐成为自己的作品。

目录

第一辑 彼时光景

四季轮转，春不常在。可是，只要我们心存美好，对未来有所期待，晴好时听风，微雨时漫步，未尝不算是好时光。

第二辑　日常小喜

当生活日渐琐碎，身心为尘事侵蚀得不堪之时，还能够沉静下来，感受繁琐之外的醇厚，并深深热爱，这是多么值得欣慰的事。

第三辑　清流自渡

其实，做不了像人的人，能做个像花儿一样的人，也是极好的吧，以安然的姿态只争朝夕，就算清绝过后，默然成泥。

第四辑 相遇是缘

生活里，有很多转瞬即逝，像在车站的告别，刚刚还相互拥抱，转眼就各自天涯。很多时候，你不懂，我也不懂。就这样，走着走着就散了，想着想着就算了。

第五辑　沿途有风

外面有风声、人声、车水马龙声，感觉世事安定。你看，只有沉陷，才算归途，而故乡，总是在自己的脚底下才最为踏实。看似孤独的老人，谁又能说他不正享有这种尘埃落定的幸福，寂静，如意。

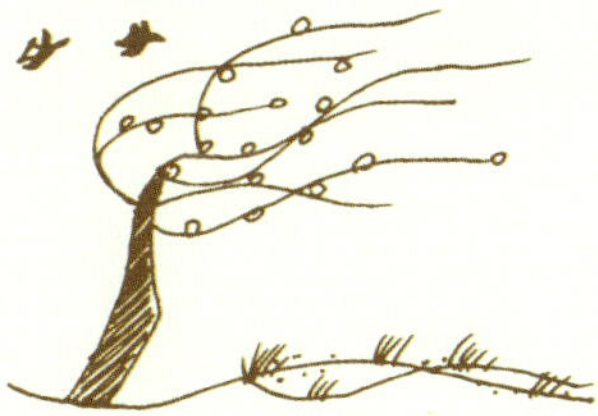

后记

这尘世，
清美如画，
连风也裹着花香。

窗外的风开始凉了，
可窗外的菊依旧绚烂。

第一辑

彼时光景

四季轮转，春不常在。可是，只要我们心存美好，对未来有所期待，晴好时听风，微雨时漫步，未尝不算是好时光。

所有催人泪下的从来不是什么轰轰烈烈，而是最最平凡的力量，就像父母的爱。你要知道，所有父母与子女的相遇，都是生命中独一无二的欢喜。光阴缠绕，爱，无言。

无　言

我习惯在文字中称呼父亲“老吴”，这样的时候，心中会生长出几份老苔，感觉湿哒哒的，又温又润，仿佛所有的浓情厚谊，都可以转换得风轻云淡。很多年来，我们都不擅长以言语彼此示好，却知晓，这一世恩泽，再怎么隐藏，也是盛放着的。只是，这一路走来，我有时能够看得清晰，有时也会有点小疏忽。而老吴，会不会很在意？我没问，他没说。

从小的家庭模式，父严母慈，这应该和大多人相似。我妈老华宽厚仁慈，与人掏心掏肺，对我更是百般宠溺，从不动口，更不动手，只唯恐爱我爱得不够。老吴不同，他一生从教，后又做校长，自是比周围家长威严许多。记忆里，他与我似未有过过分亲昵，言语也多半清冷生硬。我对他向来敬而远之，彼此对抗，一旦见面总会想方设法躲开，我的叛逆，永远是在静默中进发，撕裂。我奶奶说，这老鼠只有见了猫呀，才会老实服帖。其实哪是服帖，只是不吃眼前亏，知道不是会被揪去练《勤礼碑》《多宝塔碑》，就是会被拉去背“千山鸟飞绝，万径人踪灭”“风住尘香花已尽，日晚倦梳头”，又或，等等等等。

老吴口头禅很多，比如，吃得苦中苦，方为人上人。再比如，温室开不出娇艳的花朵，溺爱的家庭出不了像样的人才。我虽不肯完全苟同，但也万万不敢辩驳。他自己从小自学书法，刻苦努力，如今写得一手遒劲飘逸的好字，早早加入了省书法协会。乡亲们并不知“书法家”是个什么头衔，又管得什么用，但他们对他一向尊重，觉得他有学问。在农村，有学问，是件了不起的事。

有学问的老吴对他女儿的要求自会严苛一些，目光也长远。他说，一个女孩儿即便做不到琴棋书画样样精通，那也得寻找到一种内心的安定与存在，能悉心感知万物生长，并且可以为之怦然心动。总而言之，不要只做个好看的花瓶。我不知老吴的理论出自何处，但就在十二岁那年，因美术老师的一句“丫头对画画颇有天赋”，老吴当即决定送我去学画画。二十世纪八十年代中期的农村，有这种想法简直不可思议，没有专职美术老师，老吴执意先是送我去县城，后又托人在两百公里之外的宜兴陶校找的美术培训名额。彼时，我有幸成为这所农村学校里第一个正儿八经学习绘画的孩子。

临行，我妈泪眼朦胧，说路途遥远，女儿到那衣服没人洗该怎么办？一个人想家了又该怎么办？老吴黑着脸怼她：幼儿园都可以自己上学放学，现在十二岁，还不能照顾自己？或许，他是对的，在外的那段时日，我不但学会了自己洗衣、缝被、织毛衣，还学会了一个人拖着硕大的行李箱两百公里来回往返。每次放假，路上倒完三趟车，又步行几公里回到家，我妈总会抱着我痛哭，如同抱着她失而复得的珍宝，老吴则永远在一旁事不关己的模样。某一刻，我觉得他是凉薄的，是狠心的，并不是个称职的好父亲。

可我妈告诉我，我不在家时，家里伙食极少开荤，地里长什么吃什么。老吴说，家里能省则省，女儿在外开销大，无论生活，还是学习，省不得。所有人都知道，学习美术所需费用极其昂贵，老吴工资四十，我在外一年需要四千，两者完全不成正比。他开始放下身段，四处求人找点写字的零活儿。感谢没有电脑刻字的年代，老吴用他一手好字替我换回无数颜料画纸，以及足够的学费。他所有的不动声色，其实是惊天动地的，他所有的平静淡漠，不过都是在掩藏自己从不肯袒露示人甚至带点小小的羞涩的爱。

老吴的放手，造就了特别坚强独立的自己。他让我相信，这一生，无论锦衣玉食，还是穷困孤苦，自己的努力才最重要。也是他让我懂得，对万物感知的敏感度，才是真正幸福的根源，珍惜光阴、觉醒、爱，从而获得内心的富足。我开始用文字记录生活，将世间所有的来往都放入除了绘画之外的另一种审美。当我的第一本散文集面世时，老吴泪目纵横，我知道，他是高兴。

如今，老吴退休了好几年，一心在家种花写字。而我，不再惧怕面对鬓角斑白、一天一天老去的老吴，也可以和他在某一个花团锦簇的午后，一起探讨植物的种类以及生活中的林林总总。我们现在更像一对老友，有共通的话题，可相谈甚欢，亦轻松自如。老吴不再是凌厉的老吴，相反，他开始温和低调，听我讲些有的没的，也可以笑得像个孩子。我们一起回忆从前，我假装控诉他曾揍过我两次，他听了也不恼，只说，有些爱，无须招招摇摇，那会失去本意。

所有催人泪下的从来不是什么轰轰烈烈，而是最最平凡的力量，就像父母的爱，也许会被掩藏在岁月中，总有一天随风流逝。可是，这种爱，早已根植于心，且教会我们如何去真正地爱我们的下一代。你要知道，所有父母与子女的相遇，都是生命中独一无二的欢喜。光阴缠绕，爱，无言。

好在又回来了，像是得到了某种召唤。屋旁的河流永远潺缓平静，环绕着村庄经年不休，突然就心动了，一如阔别重逢的旧情人。

故乡的原野

有时真是羡慕那些远离故土的人，他们通常会理直气壮地说起故乡的林林总总，像真正的旅人，一行千里，从此他乡即日常。我自小出生在这片土地，即便后来结婚、生子，也仅是十来公里的距离，没有跋涉而去的未知，亦无时光碾压之后的思乡愁，静静守着这片土地，安分得几乎心无杂念。远方有些什么，偶尔启程，看过就好。

我出生的小村庄有个好记的名字——南庄村，它是一个毫不起眼的小村落，鲜为外人所熟知。我后来一直好奇它名字的由来，且知晓周围并没有什么北庄、东庄与西庄，倒是有个周姓较多的村庄，唤作周庄。老吴猜测，说元末明初的陶宗仪写过一本《南村辍耕录》，怕是与之相关，由此引申过来的吧。我自然知道这不过是种文人的浪漫主义情怀，当真不得。但仔细回味，感觉有点意思，仿佛这里是个特别有底蕴特别了不起的地方，无论曾经多么贫瘠多么静默，都自始至终拥有外界无与伦比的安宁与美好。真庆幸它是我的，可亲近，可融合。

而它是我的，就什么都对了。

村庄没有复杂的地形，无曲折无蜿蜒，好多年来，一条笔直的泥路贯通南北，直到前些年修成了水泥路，依然是村里人来车往的主干道。村里的房屋整齐有序，因前后间距受限，鲜有小楼坐落，偶尔有，也是根基错致，建在别处。可我依然觉得这里铿锵美好，感觉理应如此。你看，田野、河流、古树、矮房，以及墙角伫立的各种高高低低不知名的花花草草，真是美呀。风在这里吹得辽阔而缠绵，自由又奔放，一切，自有它的风情，动荡着，起伏着。在零碎的时光里，隐隐传递着一种雨后甘露般的诱惑。

年少在外求学的日子里，我通常不会告诉别人我住南庄。它实在不为人知，一旦离开故土，更像一粒微小得不能再微小的尘埃，轻易被人拂了去。我重复得再多，别人也是听过即忘，索性就不说了，别人再问，只说曲塘。到底算是小有名气的古镇，大多人恍然，说知道啊，知道。彼时，我仿佛决定要过另外一种生活，生生将所有村庄里的记忆吞咽下。我开始学着简单的化妆，尽管始终粗糙，我尝试穿上黑白灰，假装成熟优雅。虚空之于虚空，是背离故土时的寂寂然。灵魂在他乡一度失却了灵性，世俗，庸常。

好在又回来了，像是得到了某种召唤。屋旁的河流永远潺缓平静，环绕着村庄经年不休，突然就心动了，一如阔别重逢的旧情人。河畔的芭蕉又高出几分，它是记忆里的抽离，是所有离开时的影影绰绰，若有若无。还有满墙爬满的枸杞藤蔓，从来就没有因为谁的离去而颓败得不知所措。故乡的所有，轻易坠入我一个人的情意，微凉，又温润。

我开始理解那些一直坚守故土的乡亲们，包括父母，老吴与老华。他们至今仍旧住在带着小院儿的老屋里，不怨不艾，与土地四季深情相拥。他们收获着左一筐右一篮的小欢小喜，又时常提着送来与我分享，简直不亦乐乎。老华栽的蜜桃鲜甜多汁，玉米软糯可口，各式时蔬更是源源不断。我自然坐享其成，却又在心里掀起风暴，暖的，热切的，潮湿的，又酸又甜的，实在难以言尽。

后来，老屋还在，却彻底换了门牌，蓝底白字，印着“曲塘镇”的三个大字正式向世人宣布，从此再无南庄村，我也不再是南庄人。随之换来的是诸多便利，马路变宽，公交站设点，岔路口也有了红绿灯。可老南庄人的生活依然，春分农耕夏至农忙，仿佛只有永不停歇，倾其所有地日日劳作，才能写尽对这片土地的深情厚谊。老华也说，不能歇，歇多了，会无端生出好多病来。前些天一边说腿痛，一边又在帮邻居铲草，种植。干脆不阻拦，由着她了。她有南庄人的勤劳与淳朴，与人为善，乐于好施，她完完全全属于那片黑土地。

有一阵，老屋说要拆迁，村里挨家挨户丈量了平方。像是炸开了锅，有人开始憧憬未来的小区生活，说终于可以过上去镇里住楼房的好日子，但更多人是不舍与留恋。老吴老华则开始担心他们的物件到时该存寄何处，花草又该赠予何人。尽管那些旧物大多已然不用，但他们觉得那是这辈子跟随他们一路走过来的，且印证着大半辈子的悲欢与离合，哪里舍得丢弃。后来听说又不拆迁了，镇上想在村里搞个乡村旅游项目，家家户户可参与，这才让一直处于忐忑的老吴老华松了口气，家还在，小院儿还在，一切都还是理想中的模样。

关于村里的故事远不止这些，它们在笔头之外渐次升腾与坠落，而我无比释然的是，如今的村庄，以及村庄里的人们渐渐与外界和解，这里早不再贫瘠与闭塞。喧嚣繁华的世俗之外，它是走出去的游子心中永远的伊甸园，也是我心中永远的南庄村。村头的白杨知道，水边的芦苇知道，圈里的牛羊知道，路过的大黄知道，赶集的老伯知道，拉着我手笑成花儿的阿婆知道，我从未曾远离啊，从未远离。无论它是南庄村，还是曲塘镇，都是我这一生必须眷念到底的土地。

小院落越发四季分明，有安定的美意。人和人，人和物，都有了相通的心意。来来去去的轮回里，枝繁叶茂，又枯枝败叶，而我父母，他们逐渐老去。

老家院落

周末回老家，一来是想看看父母，二来也想看看老家的小院儿。

我习惯称老家小院为“父亲的小院落”，我之所以这么说，是因在漫长的年月演变里，它早已渐渐成为父亲的阵营，除却种花，便是养草。

夏末秋初，仍是个万物繁盛的季节。我回去时，院落里各色花儿竞相开放，有些是我熟悉的，有些我不识。父亲耐心教我一一辨认，鸢尾、虎耳、凌霄、吉祥草……我和父亲平日沟通甚少，唯有在绿植方面总有聊不完的话题，我问，他答。正午的阳光，耀眼，寂静。

小院落从前也是晒着稻谷、麦子、花生、蚕豆这些作物的，那时，小院落归属母亲。有时，她会从地里拔几根萝卜，有时也会摘几根玉米，每每回来，总是往院子里一倒，不管我在不在家，总会冲屋里喊几声：英子，快出来，今天又有好吃的了，喏，快出来呀，再慢就没了。于是，萝卜洗了剥皮直接往嘴里塞，玉米须子不撕直接放灶膛里烤。那些贫瘠的年月，因为母亲，小院儿从来不缺我们的小零嘴。

小院里长过一棵桃树、一棵梨树以及一棵杏树，我记得春天它们会开花，夏天它们会结果。桃是毛桃，梨是木梨，都是不受欢迎的品种，唯有那杏儿熟了味甜多汁，色泽晶莹，咬一口，满口生津。母亲和天下的母亲一样，但凡有一点好吃的，必定留给我。但却在怀弟弟的那一年，没等杏儿熟，就和我争一树又青又酸又涩的杏儿，边吃边说过瘾。

后来有了弟弟，小院儿自然承载了我们的另一种欢乐。母亲有什么再喊时，也是连着弟弟一起喊：英子、二小……这一喊，又是很多年。再后来的很多小细节，我不知我弟——二小是否记得，但我会时常在时好时坏的日子里念念不忘。世事浩荡，又一再匍匐，我能够回想起来的，应该都是些珍重的往事。我弟那时年幼，常被我搂在怀里追着蝴蝶玩。夏天的夜，我们在小院儿纳凉，数着天上的星星，数着数着便一同坠入梦乡。大雪纷飞时，我们会在院落的雪地里埋一串鞭红，炸得鸡也飞狗也跳，自己却藏在某个暗处偷笑着不肯露面。

随着老屋的翻建，小院落也几经变换，那几棵果树最终被砍伐，院落整体显得不再零碎。父亲先是置了张老藤椅，我奶奶喜欢日日坐在上面，听风赏月，她穿着自己缝制的盘扣长衫，清清瘦瘦的，像一幅古画。旁边卧着我们家的小花狗，不吵不闹。我时常看着看着就看呆了。母亲说，奶奶年轻时是远近出了名的美人儿，所以从那时起，我最爱说我像隔代的奶奶。

就这样，日常的欢好在小院儿一览无余，虽也一日繁华一日霜，但人心始终落定。

日复一日，小院不断记录着一些老去的光阴，以及一些远去的爱。爷爷奶奶相继去了，小花狗也离开了。而我，出嫁了。再后来，弟弟毕业分配工作了。我猜想，小院儿一定记得这一切微妙的变化，以及所有微妙的小光景、小哀愁。

母亲是天生的种地好手。还有点自留地，她会按照二十四个节气种植各种瓜果蔬菜，也会在院落四周循着空隙栽栽种种，随时供应家里新鲜食材。父亲退休后，则恋上了这座小院落，他砌上花坛，又买来花花草草若干。热爱其实很简单，父亲和母亲，热爱着各自的热爱。

只是，小院儿已失去了曾经的欢腾，走的走，散的散。只有父亲和母亲，就着院子里的晨光与夕阳，过着一饭一粥风月朝夕的日子，相携到老。无法说浪漫，却实实在在是在一种粗糙温热的浪漫之中，极尽世间敦厚饱满。

我住的小城离老家不远，但我回去并无定时。一季一季的不同，是小院落的缤纷，阑珊是阑珊，沉郁是沉郁。这次回去，我知道父亲给水竹重新换了高桶，原先的花盆其实挺大，但始终无法跟上它生长的速度。侧墙上牵了好些个小葫芦，姿态俏皮，一个个迷你得萌态可掬……是的，我看得到院落所有的细微变化，知道哪一株提前绽放了，哪一株又落后结果。它们花是花，果是果，各种绕在一起，有混乱的美感。

我母亲知道父亲爱花爱草，也就多了份少女心。出门时，看到有什么好看的，都会向主人要了摘回家邀功似的给父亲看，父亲也会来者不拒，搬出空盆认真栽下。就这样，小院落越发四季分明，有安定的美意。人和人，人和物，都有了相通的心意。来来去去的轮回里，枝繁叶茂，又枯枝败叶，而我父母，他们逐渐老去。

也许，终会有一天，小院落再也不是谁的小院落。无论浅喜深爱，一切都将无处可寻。一想到此，突然就很是伤感。所以，愿意以这样的方式记录关于它的故事。而曾经的几代人，在光阴里竭尽全力，听凭风雨春秋。这一切，小院落都知道。

我妈告诉我，这栀子花呀，冬天的时候可不能惯着，得冻冻，冻冻，来年才会繁花盛开。

栀子花开

一直和人说，乡下的好看是真好看，蓝是碧空蓝，白是云朵白。当然，一定还有别的色彩，明亮的，喜悦的，大片大片地袭来。我每次回老家，一定会端着相机拍那些小景小致，有时，是瓜果的花卉，有时，是枝头刚熟的桃李，它们红的红得热烈，黄的黄得明灿，都是城里难得一见的旖旎。而等到插秧时节，则会有洁白如雪的栀子花开，它们多半在庭院、在田埂，随意伫立，点缀着小小村落。再忙碌，也让人有了悠闲的心境。

我家院子花草繁盛，却唯独没有栀子花，但却不打紧，如若想要，左邻右舍转一圈，多多少少会掐几朵回。时间久了，循着香气去，从未有过空手时。乡下人慷慨，以馈赠为乐，你要一朵，往往会得到三五朵。有时想起，那些时日的回忆仿佛都带着栀子的花香，所有对故乡的眷恋，一波一波的。曾经再苦，如今也只剩香甜了。

后来，城里搬新家时，我在阳台上种植了好多好多花草，惊奇发现，好多好多的花竟然都是白色的。百合是白的，兰花是白的，茉莉是白的，凤仙子是白的，水仙是白的，绣球中的石灰灯，也是绿中透着白。我在不知不觉中带回那么多白色的花花，就连干花插枝也用了白色棉花，这实在不能说是什么巧合。四时轮回，万物并肩，而我，与故乡的草木似乎始终以另外一种形式保持亲密，多么好。童年里心心念念的栀子花，也终于有一天被我请进家门。它在阳台的一角，一朵一朵地盛开，不争，不抢，兀自芬芳。

我遇见它时，它在菜场集市的一角，被卖花的年轻哑巴搁在一堆花木里面，稀疏的叶，稀疏的花苞。没得挑选，仅此一盆，十五元钱买下。栀子喜水，说每天浇水浇透，千万不能掉以轻心。我并不知如此难以伺候，以为和乡下一样，天地有仁，种下的花，一半靠天。后来偶有一天忘了浇水，加上阳光炽烈，竟果真甩了脸子给我，蔫得个稀碎。

自然是不服输的，又从网上购买，这回枝繁叶茂，花朵簇拥，一派春色满园的茏葱。换了盆，安了家，随后每天惦记给它补水。到底是用了心，一段时间后，花香四溢，是乡间田野一阵风过的味道，闻着闻着就醉了。掐了几朵带给办公室同事，她们惊喜问，果真是你自己种的？你家那么点阳台，果真能够养活它？何止养活，简直是活得很好啊，它们青翠明亮，温柔秀丽，和小时候邻居们送我的一个模样的好。

其实小区楼下也是有的，数了数，足足五大棵。每年开花时节，就会引来无数的大婶大妈大爷的驻足流连。它们尚在含苞，就被惨遭洗劫。我有时看得心疼，会在楼上忍不住大叫，再等等吧，再等等，让它们开完。可谁听得进这些，轻者摘几朵就跑，重者回：要你管！也对，毕竟不是我家庭院，我管不了，只能眼睁睁看着它们被糟蹋。爱花，并不惜花，实在是糟糕。

我楼上阳台的栀子花一天比一天开得饱满，从一朵，至一波。我把它们摘下放在碗里，用水养着，房间一碗，客厅一碗，卫生间也是一碗。下班回来的人，总会呼一句：真香啊，点薰香了吗？你看，这小小的欢喜，让所有平常的日子活色生香。我妈有次过来也夸，我姑娘真是本事，这栀子开得，个个水灵灵，比乡下田头种着的还好。其实哪有，只是它们各有各的姿态，各有各的故事，城里的，乡下的，无论开在哪里，我都爱。

我妈告诉我，这栀子花呀，冬天的时候可不能惯着，得冻冻，冻冻，来年才会繁花盛开。我不知真假，但觉有趣，看来，它和梅花一样，也是“香自苦寒来”。所以，还没等它全部衰败，我倒又开始期盼明年的栀子花开了。

喜欢桂花，借以桂花来抒情的人自古皆是。而我，大概不会留下任何的千古绝句，但却可以堪折一枝，细细把玩，细细品味……

金桂飘香

老家院子里有一株金桂，齐着屋檐生长，树冠探出墙外，花开时，呼啦啦一片压满枝头。

每年八月，老华总会剪下几枝插进瓶子放置床头，那些瓶子不甚讲究，有时是喝酒剩下的酒瓶，有时是些喝完没扔的饮料瓶，总之，都是随手捡来没花钱的。今年也不例外，屋里屋外，随时都可嗅到沁人心肺的清香，走哪儿，哪儿都是。

我去乡下看他们，走时，老华让老吴也剪几枝放到我车上，说可以消除车内异味，如若高兴，也可带至城里家中，找个器皿装进，家里便有了桂花香，好闻着呢。不忍看它们一点一点地残缺衰败，笑着拒绝。只是奇怪，即便空手回来，隔日，仍旧能够感觉到有金桂的清香随风掠过鼻际，一波一波地荡漾。

老家人喜欢用白糖腌制桂花，金桂尤佳，等到过年的时候再取出，和着芝麻粉，加点猪油膏，做成汤圆馅子。这样的汤圆，咬一口，糯香里夹着桂花的香甜，再裹着芝麻香，那滋味，可谓绝了，真正是舌尖上的家乡好味道。本来胃口很小的自己，每每遇到这等美食，没十个八个是不会放下碗筷的。

老华的身体算不得好，总说胃不舒服，对吃的也有些禁忌。但她喜欢变着花样做些好吃的送我，有时做肉圆，有时包饺子，有时还会直接烧点红烧肉啥的。而我最爱的，还是她亲手做的桂花糕。也许，但凡占了桂花二字的，都是自己偏爱着的。就连家中所用空气清新剂、熏香用的精油，也会首选桂花的味道。那种香，许是算不得大雅，但一定与大俗无关。只是轻轻浅浅的，很自然，让人不经意间就会沉醉不已。

某日，给节目撰稿，首句便是：秋风送爽，丹桂飘香。很老套，却又特别亲切、真实。透过办公室的后窗，探过头去，便可看到两株比人还高的桂花树，他们说，一株金桂，一株银桂。金桂开黄花，银桂开白花，金桂的香味浓烈，银桂显淡雅。而我从未想去比较，能够近水楼台先得月，每天在芬芳里做着各种琐碎的事，就是莫大的享受。

古人赞美桂花，用了很多精妙的诗句。“桂子月中落，天香云外飘”“桂香多露裛，石响细泉回”。想来，喜欢桂花，借以桂花来抒情的人自古皆是。而我，大概不会留下任何的千古绝句，但却可以堪折一枝，细细把玩，细细品味……

我觉得有种东西在我的身体里一点一点地落地生根，仿佛看到十月金秋的一亩稻田，是那么耀眼。日光，雨露，风云。所有的季节在这片土地上都带着芬芳，所有的生活都是那么美好而又富足。

一亩良田

每年农忙时节，老华绝不会打电话给我，她让老吴也别打，说姑娘从小没干过多少农活儿，回来遭罪。可农村大忙时，同事总有人提起，谁谁回老家帮忙割麦了，谁谁回去帮着抛秧了。听着听着，就放到了心里去。知道那些活儿即便不会做，但回去了，他们心安。

阳光真是好，村子里人来人往，熙攘得像极小小的集市，田间里也是，川流不息。很多在外打工的人专程返乡，为的就是这几天能够帮上一些忙，减轻家里负担。家中父母年纪大了，论劳力，他们才是家中顶梁。所以，一年四季，除却春节，村里也就这个时候最热闹了。平日寂静的村子，此刻完全沸腾开。我不知该用怎样的文字才能绘出此派繁盛，又该用怎样合适的词汇来形容这份生活的澎湃。我只是庆幸，这寻常又不寻常的风景，能够每年回来见证，温暖，而又踏实。

老吴是读书人，常抱怨家里地多人辛苦，不如丢了那几块地好安生度日。老华不干，她觉得邻居们会看轻，庄稼人不干农活儿，听起来都是耻辱。大多时候，其实都是老华一个人在田间地头忙活，她生性要强，种什么都要比别家好，收成也高些。老吴不屑，说一个月的工资可以买上好多，你要干出病来，到时还不是我给你看。老华听出关心，也不恼，只是反驳，买的能有种的好吃？孩子们吃自家种的放心，不打药水，环保着呢。她知道绿色环保意味着安全，意味着健康，一心守住家人这份安康，她觉得比什么都重要。

我虽是农村出生的孩子，但真正的农活儿真干不了几样。所以农忙的那几日，如若遇上周末，就索性买上很多菜回老家给他们做饭，等到他们从地里回来，饭是饭，菜是菜，吃得及时和舒心时，会顿觉岁月静好。

当然，偶尔也会下地学着做，比如抛秧。下地前，老华自会给我武装一番，草帽，袖套，靴子，总之，能够裸露在外的，也就剩下眼睛了。她给我挑来秧苗，一手抓秧，一手抛着给我示范，说力道要把控好，近的轻点，远的重些，看着哪里稀疏了就多抛些，哪里密了就打住，别的，没那么多讲究。我看着像游戏，觉得不难，很快就完成了一小块地。可是太阳酷热炎烈，裹得严实的身子开始汗流浃背，简直苦不堪言。可怎么好收手，大家都是这般啊。田头有人吆喝："老华，城里姑娘回来帮忙了？干活儿挺麻利呢，你福气。""是啊是啊，我说不要她干，她非得来。”又道：“你说这教书拿笔的人，哪干得了这个，我一会儿就让她回。”

倒有了斗志，不顾烈日炽烫，皮肤被炙烤，一把一把秧苗在空中抛出好看的弧线，然后散落到秧田，溅起大大小小的水花，像一幅幅生动有趣的抽象画。我觉得有种东西在我的身体里一点一点地落地生根，仿佛看到十月金秋的一亩稻田，是那么耀眼。日光，雨露，风云。所有的季节在这片土地上都带着芬芳，所有的生活都是那么美好而又富足。父母健在，一切平安，再怎么累，都是幸福啊。

后来，听说有人在老家承包了所有的农田，统一种植，号称“万亩良田”。老吴欣喜，老华失落，都是意料之中的事。专注了一辈子土地的人，要她放弃，着实有些空落。很多记忆，一定是镌刻在心里的，我理解老华。但也觉得，一个人不管活至多大，或许，都可以试试不一样的生活，比如，坐下来，唱一段小曲儿，听听他人的故事，与从前那些劳作告别，与新的欢欣相遇。老华悟性不错，似乎也找到了属于她的新乐子，闲暇时，和一帮老姐妹小叙小聚，没事还能与上海的小孙子视频通通话。

当然，我也会和老华一样，心里会有一亩地。我们都会永远记得那片肥沃的水田，田里映着天空的蓝，映着来来去去的云朵。田边水渠里哗啦啦的流水，像一首快乐的歌谣，日日吟唱。

这些动人的时光以及时光里裹着的某种味道，因我不能继承，在逐渐隐去。它们越过村庄田野，奔向河岸潮汐，最终拐角不见。

人间好滋味

婆家向来无仪式，久而久之，对所有的节日开始无感。老华不干，说这样的生活不像生活，人家也不像人家，她执意中秋祭月，端午包粽，而每年七月半，必定剁馅儿包饺子。执拗不过，跟着也是时节分明，丁是丁，卯是卯。

今年未到端午，老华已让老吴给他们闺女儿送了回粽子。老华的粽子结结实实，特有嚼头。我不爱吃那硌牙有馅儿的，譬如花生蜜枣之类。老华不解，说这没馅儿没味儿的，不如去吃糯米饭。但她让老吴送来时交代清楚，剪尾的是花生，留尾的是无馅儿，别剥错。

我其实是个对吃不是特别讲究的人，平日工作忙，又有减肥意识，吃起来自然简单。老华的粽子对我来说，无疑抵上一日三餐。后来她打来电话，说吃不下的，要塞进冰箱，什么时候想吃什么时候再拿出蒸热，我一直没告诉她，那些又糯又黏且浸着粽叶香的美味，还没来得及冷藏就已全部干掉。

一直倡导“像画画一样去做美食，像做美食一样去画画”，老华不以为然，说最后都是一样进嘴，哪来这些那些的规矩。所以，她裹的粽子虽说周正，但始终没有当初奶奶裹得精致。

传说我奶奶少女时为城里人，是远近闻名的美人儿，干净利落，又生得白皙，打扮亦与村里大婶大妈格格不入。至于我爷爷当年如何娶得美人归，这故事不得而知，但我知道奶奶一辈子没做过太多农活，最多也就地里铲过杂草，喂过一些鸡鸭鹅。而她的手工活才是一绝，无论是裁剪衣服，还是纳个鞋底，缝个盘扣，总是挑不出任何瑕疵。若她还在，我所有高价买来的手工粗布茶垫茶巾在她面前定会黯然失色。

奶奶会裹四种不同形状的粽子，这让我觉得新奇。小的时候，每次都会搬张小凳坐在她对面认真琢磨，三角、四角、斧头、猪蹄，这些在她手上飞舞，像变魔术似的换着来，又快又好。沮丧的是，一直自认为不笨的自已，无论怎么捣鼓，最终也没能学会，不是米撒一地，就是形如蟾蜍。多年来，几乎成了自已的一块心病，每到端午，便无法释怀，且无处安放。奶奶说，拿笔杆子的手，不学也罢。

老华也说过，学不会就不学了吧，我在一天，你们每年端午都有得吃。听起来幸福，却隐约有伤感。汪涵写过：我相信人生真正的好东西，好味道，都是不可说的。是，不可说，一说就破。这些动人的时光以及时光里裹着的某种味道，因我不能继承，在逐渐隐去。它们越过村庄田野，奔向河岸潮汐，最终拐角不见。

但有些力所能及的是能够传承的，“清明插柳，端午插艾”，这天可以悬菖蒲，挂艾枝，再做上“五红”，饮点雄黄酒激浊清腐。老华曾告诉我的所有习俗所有典故，我将一字不差地转给曲。因为知道，这才是日日简单而美好的生活，是小小琐事细节里积累出的文明厚度，更是人间真正好滋味。

这是一种刚刚好的味道，不单薄，不浓烈。无须仰望，只在这么一个寒冬的午后，直接抵达，以深情，以思念。关于回家的那些事，其实，我自己懂就好。

回家那些事

车驶过一段公路，再拐个弯，然后过一座桥，便至老家。

就在我拐弯时，见前有熟悉身影，微胖，走路矫健，身上那件绿格围裙是我某个时候在某个商场所买，我确信自己看得没错。

摇下窗，我大喊：妈——

她停住，回头见我，笑容激荡。半世风华半世风霜，她的脸有些糙，而正午的日头恰好，印在脸上有说不出的美。

她说来商店买盐腌肉，说腌肉要用粗盐，细碎的，腌不出那种味。她说，腌制的咸肉，你和弟弟到时一人一半，这咸肉，外面买的，终究不如自家腌的好。

我载她回来，她一路碎碎叨叨，那么温暖，那么情深。再不是幼时的叛逆，抗拒，仿佛她说什么都是错。这一刻，只倾情于节制，顺服，安安静静听，然后微笑，然后应答。

我爸今日无事，只在家挥毫，读书，再不就是侍弄他的花花草草，无他。

给他的多肉绿油油一片，就像春日的农田，孕育着最安静的力量，活得茏葱，纯粹洁净。我知，他已给予它们足够的爱，足够的情意。于是，它们蓬勃，朝夕欢美，以唯一的色彩，在无色无味的光阴里努力生长。

万般如意就好，谁说要一定怎样。

给他带了杂志《三角洲·青墩》，有他的作品，一些篆书，一些行草。有时想，他真是风情，明明与脚下的土地格格不入，却活成了我心中最美的风景。

他喜欢收藏，旧的瓷器，旧的书籍。他说，旧的东西让人着迷，有斑驳的美意。那些旧，仿佛从很远的朝夕里走来，氤氲，流落，连瑕疵都是独一无二的。

他给我泡茶，将生活所有的味道都泡在里面，有怒放的烟火气，与我在家泡的任何一壶都不同。我喝得酣畅，他看得喜悦。

院子里有一木架，日晒月露，早已失去原有的光泽，但多了岁月的磨砺，加上有苔藓隐约依附，又天然又有味。

可我妈要将之劈柴烧火，说用来过年蒸馒头。火旺且持久，馒头才会松软好吃。

我却一眼看到来年繁花盛世的美妙。说挂上吊盆，可以种上一些金盏菊，一些牡丹吊兰，一些绿萝，一些满天星……一年四季，全部一览无余。小院的幽暗角落，从此落满芬芳，多么好。只这么一想，瞬间心生欢喜。而这样的欢喜，必定要付诸行动才痛快。

我爸附和，说只待冬完结，天转暖。

父女一拍即合，悄悄搬藏起来。然后，仿佛就有了共同隐匿的目标，窃喜。抬眼，却见我妈在削一只苹果，不动声色，偷偷地笑。

和城里一样，村子里有越来越多的宠物狗，品种纯正，名字却起得潦草，通常一声“小宝”，会同时冲出好几只。

村里人养狗的方式很奔放，无论什么品种，其实和田园犬并无二致，没那么多讲究。我爸妈家的“贝贝”大抵也是如此，只看到青菜红薯就两眼放光，不似我养的“凯瑞”这般挑剔，却生得结实健康，毛色招人迷恋，摸一把，又顺又滑。

“贝贝”是我当初送给爸妈的，所以，它也就自然而然成了我每次回家的念想之一。我妈说它性子烈，懂得看衣识人，势利得很。即便是日日来串门的邻居，也会见一次，吼一次，全不顾及邻里之好。

但它见我温顺，每次听我车声便开始兴奋，然后巴巴地等我下车。再然后，就会用它特有的方式招呼我过去，直到我真的过去和它说几句，方才罢休。

万物皆有灵性。它不过是个孩子，落在凡尘，变为现在的样子。琐碎光阴里，无论撒欢，还是蜷于膝间，对于家人来说，它们都是生命里的伙伴，在同行的路上，聊以慰藉。

所以，我爱它，和爱“凯瑞”一样爱。

听好妹妹乐队的《一封家书》，总能让我回到这温暖的地方，且将所有的点滴汇聚，垒砌成一棵思念的大树，冬去春来，开花结果。

这是一种刚刚好的味道，不单薄，不浓烈。无须仰望，只在这么一个寒冬的午后，直接抵达，以深情，以思念。

关于回家的那些事，其实，我自己懂就好。

我们那么爱着彼此，即便隔着那么远的距离。风吹过几重山，又越过几丛林，有些人，早归于内心，在翻腾的冷暖里，荡漾，又坚定。

今朝如旧

晨起，还在黎明里，听得窗外霹雳啪哒好一阵响，喧闹又喜庆。想，这多半是个好日子，不知哪家姑娘又出嫁了，从此过上幸福或根本就没那么幸福的生活。

今天是母亲节，朋友圈逛一圈，铺天盖地的祝愿，隆重，而又炽热。曲给我发来红包，他说祝我节日快乐。这个不善言辞的大男孩儿，其实和我一样木讷，最亲密的话总是说不出口。明明，我们那么爱着彼此，即便隔着那么远的距离。风吹过几重山，又越过几丛林，有些人，早归于内心，在翻腾的冷暖里，荡漾，又坚定。

曲是我的娃，我是老华的娃。我决定，回去看她。电话里没有特别温存，老华上来就问：今天是不是回来？是啊，回去。老华笑出声。

她早不是前些年不懂得“母亲节”的人，我真是高兴。给她带些好吃的，其实也都是家里存放着的，并不特意。她说地里蚕豆正当时，幸好你回来，多摘点走。又拿出冰柜里的粽子，有些抱歉地说，都是花生米的，知道你爱纯糯米的，端午重新给你裹。还有洗好的小青菜，煮好的咸鸭蛋……有人给她电话，说三缺一，你吃完饭赶紧过来。这边高声应道，不去不去，今儿是母亲节，姑娘回来了，我得陪她。假装听不见，心里全是安暖静好，温厚缠绵。

大多人觉得我安静温顺，只有亲密至极的人才知晓，并不。老华就曾说过，你出门在外我不担心。我想，全天下做母亲的未必都懂得儿女，但天下母亲一定都会通晓儿女的性情。我向来自带盔甲，又执拗又铿锵，偶尔自省，偶尔断裂，唯有写字时不颠簸，不剧烈。一旦落座，全世界都将隔绝，那一刻，所有的光阴才会异常珍重美好。老华自然不会完全走进我的世界，看得如此透彻清明，何况我也从来报喜不报忧。我们始终是母女，做不了真正意义上的朋友，但这依然不妨碍在人生的道路上，我们一直彼此映照，彼此温暖。

我蜜曾说，爱要大声说出来。她有时给我发来抱抱的表情，我却有些拘谨。我们大概习惯了对亲密的人保有节制，反倒无法给予纵容，来来往往间，若即若离。但我觉得她是对的，时间声色，能够让人心动的，其实就是发自内心的袒露，与矫情无关。这是美好的路途，有人结伴而行，有人一别东西。

想要在温暖深处，来解读世间风情，这并非殊途。无论父母，还是子女，其实都不会一伴到底。一想至此，便觉悲伤无力。就像今天，看到友人在写怀念母亲的诗句，瞬间澎湃起意。能够让不是诗人的人写出像样的诗行，一定心怀巨大情深，才能如此自然抵达。某一刻，我会觉得，其实有时也可以不那么执拗，损伤的话，少说，损伤的事，不做。

我在朋友圈写：愿醒来如常，愿花朵不零。仔细想来，多么苛刻。这一生，随着时光与人群走，有承受，有拥有。很多不过命定，无法更改与修正。接受喜欢的，或不喜欢的，沿着轨迹走，未尝不是一种使命。

今朝，如旧。全心全意爱所有的时光，全心全意爱所有值得爱的人，这是我对自己的承诺。

我和她，就像一对知己，途中无话不说，大多时，她说，我听。

微　暖

老华知道母亲节完全源于我弟会在每年母亲节当天电话给她。某种意义上讲，我弟比我细腻，与父母的交流与沟通也频繁。很多时候我这边的状况也是由我弟传达，自然都是好的，能够让他们高兴的事。至于那些暂时的症结、不安，我和我弟很是默契，只字不提。

老华今年七十，若在古时，会称作“古来稀”。我对这三字向来抵触，仿佛云烟消散，一切即将成空，有疼痛的伤感。而我愿意在时光里静望，日日深情厚谊，日日天荒地老。我和她，彼此隐藏着一种依恋，就像她小时纳的鞋底，打上厚厚的糨糊，一层一层糊上，然后就可以辗转经年，深浓热烈。我想，我们是这样的。

我带她去无锡，她快乐得像个小孩，不停嘀咕，我姑娘要带我出去旅游了。我说这么近只能叫走走、转转、逛逛，不能称旅游，她却说乘车出去玩的都可以算。彼时，院落里晒着一床红花绿布的棉被，被风吹得飘飘摇摇，阳光细碎，有些斑驳的影。临行，她又下车回去取了些鸡蛋、粽子与饮料，说这样出去就可以省个午饭钱了。知道拗不过，由着她。

车内有种暖意的空旷，透过晨曦，弥漫笼罩。

其实不曾细细去想，这一路，踏春踏秋踏风月，可还能踏出久久远远？倚着光明，谁会在意那些渐渐暗下来的山色水色？我极力践行自己的承诺，每年抽出时间在自驾能力范围内带她走走，春天看花开，秋天赏叶落。她依旧抱有天真，处处新奇，沿途问这问那。其实我也未必懂得，有时假意解答，或临时百度，无论怎样，她好像都是满意的。这么多年来，去哪里都行，遇见什么都行，并不挑剔，任跌宕，任起伏。

这一路，我给她拍很多很多的照片，她笑得明媚，眼底蓦然欢喜，风情满地的熙攘，犹如一场甜蜜的风暴，看花是花，看草是草。后来，她给我拍，以她的审美视角拍得山高水长人悲壮。可这未尝不是一种幸福，以最最真实的影像记录行程点滴，若干年后，也是有迹可循。我和她，就像一对知己，途中无话不说，大多时，她说，我听。

她说家里那些自留地，今年还要种上新品水稻，虽收成不是很高，但香糯可口，到时你回家拿，再给你弟带点走，刚刚够。她又说起上海三岁的小孙，随即要我连接视频聊天，她要看看最近有没有稍稍养胖点，执意认为孩子胖点方才安心。

突然下起一场雨，我们躲在灵山大佛下面的长廊，似有隔世缱绻。长廊外，远处有山，近处是草坪，溢出时光深处的浓重青翠。她感喟，还是外面的景色好看，即使下雨也是好看。是，草木扶疏，是蓬勃的美。我特别高兴能够让她见到和村儿里不一样的世界，也特别高兴她能够慢慢重新审视自然的美，人文的美，以及，自己的美。想要的，大概就是这样的。

尽管不会言出“爱”这样的字眼，但可以写下所有关于爱的美好，就像某一日，我们浪迹在外地小镇的街巷，以离散烟火的日子来慰藉彼此不太轻易显山露水的情意，内心真真动了情。看着眼前渐渐苍老的容颜，告诉自己，你要好好爱她，且要珍惜一朝一夕的陪伴，付出，得到。光阴恒常，彼此一直在。

从此，只愿微风轻起。

从此，只愿朝阳满天。

从此，只愿爱与被爱，都能看得见。

世间如此伶仃，所有的理想、信仰、情爱，不都是需要绽放的吗？

理想的圆满

下午三点，外面大概是有些冷的。坐在床上，裸露在外的手指略有僵硬，昨日拆快件不慎割去一小块皮，此刻除了血痕，也隐约肿痛。早年间若是如此，怕是会转变成冻疮，但现在不会。究其原因，怕是老了，不似从前那么娇嫩。开了暖风机，却是冷一块，热一块，不是很舒服。冬天总是这么尴尬，让怕冷的自己无处安放。老华嫌我穿着单薄，她自己早已里三层外三层塞了又塞，本就臃着的身材更显浑圆。不知为何，我特别喜欢看她敦实的样子忙前忙后。心里知道，她在就好，健康就好。

其实也不是悲观，只是近年身边发生太多意外，一些亲近的人还没来得及说再见，就再也不见。于是，你会突然担心，担心失去，担心一别就是永远。而你除了眼睁睁看着，什么也无能为力。前不久写了篇文字，纪念一个远去的美丽女孩儿，心里好生难过。明明还一起看过演出喝过咖啡吃过饭，转眼却不见。谁还记得去年冬天的这个时候，阳光惨淡，悲情四起，一切恍恍惚惚，一切又真真切切。那个美丽的女孩儿，再也没能醒来。

这个世间，不是所有人都能带给自己悸动，也并非每个人都可以在自己的生活里掀起层层波澜，可是那些能够的，可以的，又会有多少人在一起时真的好好珍惜？说什么下次再见，来日相逢，后来那些忙碌的理由，大多不过是些不作为的借口罢了。曾经约过的咖啡，一起喝了吗？曾经许过的诺言，都一一实现了吗？如果始终没有，我们拿什么来照耀彼此，给予一份相聚的温暖？世间如此伶仃，所有的理想、信仰、情爱，不都是需要绽放的吗？

偶去论坛发了篇文字，有人说风格变了，变得有烟火味儿了。笑而不言。都是熟悉的人，自然能够一眼看穿。有时会庆幸有那么个小小的平台能容下这许多年的成长印记。来来往往里，有些烙印，是好的。尽管已无悲欢也无荣耀，但还是格外珍惜。在那里，可清冷、可高傲、可世俗、可谦卑，当然，也可不管不顾，做光明正大的事写自己喜欢的字，只要互不伤害，谁都管不着。我有时想，在一个讯息如此发达的今天，还有文学论坛的存在，大概也就依赖于人和人之间相遇的姿态吧。珍重，珍惜。对于事事物物，都必怀有此意才是。

可是，你有没有发现人和人之间相处的微妙差别。给人回复，不管微信，还是短信，常会长短不一，或简单，或繁琐。这要根据彼此连接的气息、亲密的程度，或盛衰来定。而我偏又是个不善聊天的主儿，大多时候心意不通，还没几句就开始没了味。后来自然学会了缄默，能够好好说话的，寥寥无几。而这些可以持续对话的，便是稀少的光泽，是生命的供养，是可以长久延续的深情厚谊。漫长的岁月里，可率性抵达。

寻常没有起伏的日子真好，有光照过来就直接迎着它走，不被归属，清浊明暗自知。偶尔有东西被点燃，能够无声相通更好，不能，也不强求。日子走着走着就往远了去，而那些同行的人，是心欢，是缘，此生唯愿能够相伴到老。这是一种理想的圆满。

我的孩子们，他们不懂什么人情世故，却会赋予每一天新奇，热烈，他们裸露的天真，是岁月里的锦绣霓裳，他们的心意里，盛着整个天地的蓬勃。

欢　喜

刚开学，稍显凌乱。见着他们，故意淡定，仿佛告别就在昨天。只是，他们都长大一岁，分明是不一样的。抬头瞟见窗外的庭院晒着一床被，旧旧的粉色，大朵大朵的花儿铺开来，开得正艳。真是有些恍惚了，窗内窗外两重天，一个在俗世，一个在云端。可不，前些天还在家中赖床，而今却是日日敛心劳碌。人间的味道，唯独生活知晓。

他们盯我的发型看，说老师不一样了，然后窃窃私语，眼有欢喜。索性不讲课，问新年有什么好故事。这些那些的沸腾，感受一波一波袭来的热情，明白有些东西在不经意间抖落开了，他们不是学生，我亦不是老师。

值餐时，他们坐在位上，有序过来，一人一餐，分格盛放。有孩子挑剔，只肯要份雪菜炒肉，说不喜芹菜木耳。强求不得，只得随她去了。大多孩子并不娇惯，每样来一份，回头吃得也酣畅，只看咀嚼节奏，就可知晓，那些小小舌尖上满是“唯有美食不可辜负”的美好在。

他们爱不爱我，我仅凭直觉。却自知，我有时爱他们，有时也是烦忧不堪。一周两节的美术课，注定我与他们中大多交集不过如此。或者说，所有的给予、付出、得到、回馈，因了时间的短促无以延续舒展。如此，这个班就有了些明显不同，他们因我一周一次的值餐，多了这午间的须臾。有人开始扯皮，说老师你给我们放部影片吧，随便什么。也有撒娇，老师你给我们讲个故事吧，不要以“从前”开头。没有了课上拘谨，性情完全释放，我们敞开对话，有意无意的，说些亲密的话。

昨日阴雨一天，夜里疾风四起，今日虽有阳光，却是弱得似有似无。我们将其拒之窗外，在室内搜寻有趣的儿童片，至于气温骤冷的不适，也是顾不上了。就在他们看得情绪起伏、时而迸发倾泻、时而寂静恬淡时，我塞上耳机，由着自己，也由着他们。我能做到的相安两不厌，没有比这再好的了。

许多年来，并没有认真思索过这份职业所带给自己的这些那些，是否值当，是否荣耀，是否也心有遗憾……世事迷人之所在，大概就要这样的看不透。有些结，无须解，解了就乏味了，甚至连抵抗都不要。欢愉，是自己的欢愉；疼痛，是自己的疼痛。渡河寻岸，有时便是日常，你去做就好，且不要管其他。

行走在纯真里，偶尔能够窥见他们的动荡、任性，似重金属的呐喊，一旦声音发出便难以轻易收回。大多时候并不揭穿，只是压制，尽量静而不语。也有按捺不住的时候，幻化成一场暴风雨，霹雳吧嗒砸下去。这些随时光而来的瑕疵，自己全部看得见，亦知道如何去修复。

他们照常山是山，水是水，释怀得很。若是遇见，调皮地笑着凑过来，老师，听说你养了只狗狗，它是什么品种，叫什么名字？羞涩地躲一边，轻轻唤你一声便走开。怎么说呢，就像看到惊蛰里的樱花，是盛开的荣耀，抵达明媚。

比起独冷、独怜、独吟、独唱，这样的时候很美。我的孩子们，他们不懂什么人情世故，却会赋予每一天新奇，热烈，他们裸露的天真，是岁月里的锦绣霓裳，他们的心意里，盛着整个天地的蓬勃。

那么，就这样吧。伴着桃李满地，给予年华，给予爱，日日唤他们的名字：来，牵我的手，带你走。不知道会不会有人过来拽着，再不松开。这个春天，也就这样了。一再微笑，且欢喜。我和他们，仿佛一场一场不经意的邂逅，邂逅在一个一个风和日丽锦瑟繁华的日子里。以彼此的坦诚拥抱，一半是憧憬，一半是希冀。

我们都不是骄阳，是春光，不烫，但暖。

最好的关系

曲在家几天，塞着耳机霸着电脑，我居然很是容忍。毕竟走上社会的人，不以从前那些标准待他。有时坐在旁边看，竟有些恍惚，这么棒的小孩，谁家的？知道太夸张，会在心里笑一阵，又自嘲一番，做母亲的，谁不曾有过这样的自恋，不过分吧。

他在家的每一天，我开始认真洗手做羹汤，红的红，绿的绿，仿佛拈尽人间鼎沸繁盛，再掐几把丢进碗里。反正大家的体重都在直线飙升，常常一边打着饱嗝一边埋怨，矫情得像那啥似的，说扣子扣不上，腰带又要松一些才好。于是觉得，他在家的每一日，才是真正的寻常美好，圆满丰盈。若余生，能在寻常之中过这样的寻常生活，一定是福。

可哪有不远离的儿女，总要放飞。你的使命就是生下他，带他走一程，而后护他远走。至于能远至何处，不是你力所能及的事，就放手好了。我只是一直庆幸一件事，在曲的成长过程里，没有动他一根手指，这让他的记忆一定多了几份美好。不管怎样，没有阴影的童年都是可贵的，是安顿的，喜气的，也是生命里的光泽，可照耀一生。

常看到一些当妈的懊恼失态，汹涌暴力，很难想象如此环境下生长的孩子还会滋生出什么珍贵的情怀。他的爱一定也会日渐坚硬，难以释放。未来的他，如何将爱与被爱对等起来，大概需要另一种力量来转化。直到有人肯和他说，来，你可以这样度晨昏，度寻常。可惜，那个温柔的人，不是你，也无须是你，真是让人感觉悲伤。

送曲去车站的路上，我没有叮咛什么，只是打开音响，随机听了几曲。窗外熙攘的人群，窗内，一个滚烫热爱，一个无畏澎湃，但却无声。下车，他推着行李箱，跟我挥挥手，仿佛去去就回，我只管待在原地，不说别离的话。只有头顶大朵大朵的白云在观一场情意的来去，静静的，长久的。

我们都不是骄阳，是春光，不烫，但暖。我们说不出过于煽情高调的话，知道少而珍贵的东西一直在，不管来自自己或对方，这种心意相通形成某种良性循环，一切均自然合理。他看到的世界越来越辽阔，对生活开始负起责任，也让自己清爽与宽厚起来，知道感恩，懂得回馈。他从来都是那个良善的孩子，内心平和丰盛，与人相处友爱。

写下这些字，其实是觉得，所有的孩子与母亲，抛开血缘纽带，都是精神独立的人。我们在人生的某一阶段有缘相伴，能不能彼此变得可爱一点呢？相互给予，相互成全，将美好交付与对方，这是最好的关系。

青春里，爱上一个人是多么简单，就像M，只因了眉眼就可以倾其所有。

心之所向

曲不在家时，突然空落下来，多半有些不适应。整理搬家过来的旧物、相片、贺卡、信件，以及各种证件，摊开，满满一地。相片多半是学生时代的，比现在的曲还年轻，眼神稚嫩，没有岁月碾压的痕迹，其实，并不好看。贺卡与信件年月久远，那时没有网络，但能够以手写方式来表达记挂的不多，故而每封都显珍贵。证件更是模糊，从中学时的团员证，到后来的美术会员，几乎囊括了现有人生的全部阶段。

而立过后，就会自以为是地感觉衰老。和谁在一起，都不再爱提及年龄。感觉岁月一波波袭来，张牙舞爪，无法对抗，这些，常常令人不安。

M和我聊，说曾在年少时喜欢过一个男孩儿，他有细长的眉眼和好看的手指，那时，以为可以一生一世，每天在日记里偷偷记下所有，直到分开，所有的字还在。青春，像是一场没有完结的大片，走着走着就拐角了，等你回头，却是隔山隔水，雾茫茫一片。她说，那些过往，也只在字里行间安于现状，至于后来丢去了哪里，竟无从知晓。再后来，无论你用什么方式回忆，曾经以为绝无仅有的遇见和喜爱，都在脑海散了去，即使不躲闪，也无半点涟漪。

可是，谁没有过这样的青春，像左耳，像七月与安生。

坐在这里想这些，倒不是全部因了这首《匆匆爱过》的缘故。年前年后，听说了几起变故，都是突如其来的灾难。心有唏嘘，不是所有的遇见直到最后厌了旧了才散场，也有不知所措的，像鼓一样击在心上，你想伸手去挽留，握来握去都仅剩一阵风。从前无所不在的零碎一下子堆积成山，起伏、动荡，却永远没有归处。稍稍回望，即使流离，即使沧桑，亦是经过一番一番世事之后的安暖。我蜜说，人生要珍惜，只愿此后，能以丰美的愿望，来许一世情怀。

这一生，谁没在一段一段的光影里吟唱，只是到了我这个年纪，定会看山是山，看水是水，心无旁骛。所有的喧嚣都是经历了时光的洗涤沉淀，所有的相遇都是被命运牵引着，是冥冥之中的红线。“没有人是一座孤岛”，说这话的是约翰·多恩，我猜想，他是用来安慰世人的吧，没人知道，自己何时就站成了一座孤岛。

青春里，爱上一个人是多么简单，就像 M，只因了眉眼就可以倾其所有。但时光遮掩了一切过往，包括那些流年沧桑，爱过的，或者没爱过的，后来都已了然无痕。青春结束了，但人生没有啊。城市的清早微雨，上班途中青砖黛瓦的老房子，以及那些让人甜蜜饱足的美食，都是时常能够相见的欢喜。我们何止要学会珍惜，还要学习勇敢，勇敢对曾经说一句，再见，再也不见。

心之所向，便是时光，只有时光一如既往。要明白身边的人都只能陪自己走或近或远的路途，不妨，珍惜她们，他们，甚至，它们，做个可爱的人。你看，我写到这里，凯瑞偎依过来，只一小会儿，就酣睡过去，以最舒服的姿态。

四季轮转，春不常在。可是，只要我们心存美好，对未来有所期待，晴好时听风，微雨时漫步，未尝不算是好时光。

樱花季

曾说，要在樱花绽放的时候，陪自己去看一场樱花雨。海安的樱花和海安的春天一样，总是有些不尽人意，迟迟不来，空让人欢喜。我之所以那么热切地盼望，是因为喜欢明媚，也会隐约惆怅，而樱花，完全演绎出了这般淋漓酣畅。当满树满树开得惊天动地时，随即又在短时内赶赴大地，仿佛什么都没发生过，姿态决绝。这样的极致，如同一场爱情，浩浩荡荡，却以情殇收手。

翻看曾经的书写，那些真真正正用笔墨书写的文字，在学生时代持续了很多年。而少女时期掩藏的心思，在多年之后掀开，也会兀自抿嘴微笑。那时的老师，总是有意无意将我的名字写成“樱子”，于是，就有了异国的味道，于是，也就有了很多善意的玩笑：瞧她，名字好奇怪！不管怎样，我觉得自己与之有缘，自此也在心间种下了大片大片的樱花林。

第一次见樱花，其实是在多年以后。小城一座公厕前，只一小株，簇簇拥拥的粉色花朵压得枝头无法承重的模样，以为是梨花，或是桃花，诧异得不行。回头描述给朋友听，朋友笑我孤陋寡闻，说哪有自家人不认自家人的理儿。再后来，小城这样的花儿越发多了起来，公园、河畔、小区，到处都是它们的身影。每当花季到来的时候，诸如我这样的，没有相机也会拿着手机咔嚓几张留做纪念。

第一次看别人写樱花，是在论坛，那是一个和我一样分不清什么是什么的人。想象着在遥远的都市林荫一角，孩童似的人氤氲在花海中，脸上有不谙世事的表情，或者，只是暂时忘却尘世中的纷纷扰扰，去专注这满园春色，是多么醉心的事。后来，每每想起那一段，都会觉得世间美好，无尘无染。

给孩子们上课，说要画《花儿朵朵》，他们雀跃，胸有成竹的小模样。后来果然惊喜不断，那些纸上的樱花，缤纷随心，又纯粹明澈。孩子们说，有樱花的春天，才是真正的春天。而我每日步行上班，会途经学校旁边的一片小树林，林中树木不多，却有两棵巨大无比的樱花树，樱花季时，簇簇拥拥开得迷离，看似随意，却又自成一景，娴静得与世隔绝似的。没有人知道，很多年来，它一直是我心底永远的桃花源，寂静幽微，自开自落。

我的孩子们，亦不知我所爱。他们的春天，只根植他们的心底。他们的世界，始终无法单一。他们的笔下，是枝丫上一团团的炽烈，或聚或散，美到极致。你看，春来了，不疾不徐，暂与世人一期一会。

我的诗人朋友有写春：有一些花儿不经看，有一些绿泛着黄，有一些事不经想……读着真是伤感。明明花红柳绿，满目柔暖，现世安稳，岁月无恙。想来，我眼里的春，明媚，她心里的春，哀伤。似樱花，又不似樱花。回首凝神，都有看透风景的了然。

已是惊蛰，气候依然低沉，没完没了的烟雾迷蒙，让万物都无法舒展。樱花，在风中萧瑟成了枝枝条条，偶尔目光掠过它们的身影，就会在心中涌起悲壮的痉挛。春，是望穿秋水的春，仿佛看不到尽头，无休止的凉薄。那么，春天去了何方？樱花又开至了何处？在江南，还是塞外？三月的天空阴郁黯淡，愁云密布。倒是几只不知名的小鸟无所顾忌地低空盘旋，欢快激烈。它们，是否预知了什么？抑或，春，本已无声潜入。

期待樱花，如同期待生命中那些最为盛大的瞬间，虔诚，热切，稍许忐忑，与不安。你要知晓，四季轮转，春不常在。可是，只要我们心存美好，对未来有所期待，晴好时听风，微雨时漫步，未尝不算是好时光。而幸福，一直都不曾离开。那么，我们走吧，去各自的春天，去看各自的樱花。

人到中年，似乎不再急于寻求天地契合，万事圆满，盲目拉高一些欲望。慢慢，开始接受一些实实在在的质朴轻盈。于是，无论见谁，尽量喜悦，顺畅，安静有序。

微　光

小区的二期工程即将竣工，开发商开始修缮大门，几个月来，大门已初具规模，隐约看到一种气派，和小区现有的环境不大相符。

也许需要一种整合，或者更合理的规划。入住以来，我总觉缺少一点什么，说不上哪里不对，但似乎哪里哪里都不对。只有关上门，回到自己的窝，封闭在一种无人状态，才有落定的感觉。坐在窗台边，眺望城市的上空，有梦魇般的色彩，而路上，有各式各样的人可供观察。在某一个瞬间，会忘了这是一个我并不是特别喜欢的地方。

好在不爱出门，宅出了境界。与朋友闲聊，说自己大约两年未去过超市，半年未逛街，她诧异得大跌眼镜。其实，与其说宅，不如说是懒惰。但我始终认为，足够懒惰的事，必定是不够重要。不重要，自己才毫无兴趣可言。而对于另一些事，想懒惰也未必能够。这些年，早学会了在自己的天地花好月圆，灼灼生辉，至于世事浩荡，是身外的河流，奔流不息在未知的领域。

逐渐，还是习惯了这里的生活，和小区人们也慢慢混出了脸熟，遇见可以点头招呼，连快递小哥也能准确地在电话里称我“吴老师”。人和人，在现实里更为精粹更为真实的存在，极为温暖。

某天，带狗狗出去溜达，途经花圃。小区保洁大叔平心静气，爽爽朗朗，一边挥着大剪刀给园里花草修剪，看它们逐渐成形，一边哼着我听不懂的戏曲，看起来既快乐又敦厚。一旁剪落的枯枝败叶散得满地起起伏伏，有密集，有疏离，好似一幅画。我俯下身子去挑拣，预想回头瓶里插一枝，自成风景。大叔停下吟唱，转头甩一句：甭挑了，这里没啥好看的，倒是那边有几枝你会中意，走，带你去剪。

微光里，扑面而来的是植被和泥土的清香。刹那间，满园都是春意。

人到中年，似乎不再急于寻求天地契合，万事圆满，盲目拉高一些欲望。慢慢，开始接受一些实实在在的质朴轻盈。于是，无论见谁，尽量喜悦，顺畅，安静有序。并未只因大叔一句话，而是在日常的零碎里，真真切切有了温度。这个原本陌生的地方，如今可以唤作家园。人在这里，逐步清澈、沉静、安定。

越来越喜欢在家里种花养草，热衷与大自然相处，也越来越喜欢用双手做很多很多事，写字，画画，打一条围巾，炖一锅汤，一心一意，打开自我。偶有朋友前来，都是相悦的素心人，随意喝些茶，聊点天，内心喜悦。大多时候，不过是独自清理打扫，搬动器物，给它们以最合适的位置安放妥帖，仿佛只有这样，才足够抵抗自己的审美强迫。再有闲情，能读书，即便无用，也会翻几页。能书写，即便内心空旷寂寥，也会涂鸦几篇，只分享，不取悦。

当家像极了家，或者，当家超越了家，也就完全忽略了很多。再经过小区任何一个角落，分明都是盎然阑珊。至于那些不满的、不屑的、不顺的，就让它们在时日久长里慢慢沉淀，像所有的光，照着照着就亮了。

第二辑

日常小喜

当生活日渐琐碎，身心为尘事侵蚀得不堪之时，还能够沉静下来，感受繁琐之外的醇厚，并深深热爱，这是多么值得欣慰的事。

她不喜欢丰盛浓烈，也不喜欢清冷寂然。她期待一场相约，在春天。所有的花儿竞相绽放的时候，她和他可以雀跃地牵手。

花开粲然

流苏垂落的咖啡馆，临窗而坐。她试着将窗外的风景全部揽入视线，一朵花，一棵树，一只小鸟，在长久的注视下开始挪移，依稀有恍若隔世的感觉，她的嘴角不易察觉地向上扬了扬。服务生过来，很优雅地递过点单，她推过去，只说：给我一杯伯爵。

邻座，对面而坐着两位极其时尚的女孩儿，她们的青春刺痛了她的双眼，却映照得馆里璀璨四射，她们的裙装同属粉色系列，如对岸的樱花，清新明媚。回头看自己一身休闲，做旧的磨砂牛仔裤，宽松的黑色 T 恤，蓬松的长发慵懒低垂，与周边的环境似乎很不合节拍。她下意识地拢了拢衣角，继续朝窗外望去。

马路上川流不息的车辆来来往往，偶尔有几声汽笛声响，城市的节奏在飞驰的速度里变本加厉，能够安静地蜗居这里，她觉得很是安然，妥帖。突然想起他说过，很想一起来这里，只喝一杯咖啡。她转头凝望对面的空座，温暖隐隐约约地弥漫，连同空气中伯爵的香甜，让灵魂在瞬间就有了安顿。

她敲过很多文字，用她细长的手指。可是，她很少为他书写，且为此找到合适的理由。也许，在心底，他早已装帧成册，无须再多言语。更多的时候，她愿意在他的注视里，安静地做事。青春，奢华地流经成河，唯留下几份仓促的回忆。她保持最本真的微笑，行走其间，简简单单，始终如一。

她不喜欢丰盛浓烈，也不喜欢清冷寂然。她期待一场相约，在春天。所有的花儿竞相绽放的时候，她和他可以雀跃地牵手。是的，她有些渴望。人生的宴席，不是都可以随时开场的，她无法确定这样的时刻会不会落泪。而他，会不会说，哦，难看的孩子，这样可不好。她想，她还是微笑吧，明眸皓齿，和自己笔下的女子一样。

还未曾到晚上九点，中央纯白的钢琴寂寥无声。唱片机里传出她熟悉的*I Swear*，肯尼·罗杰斯略带沙哑的声音极富有磁性，她双手托腮，努力想着曲子的中文名字，英文一向不好的她，却可以记住很多英文歌曲的名字，大概也是个奇迹。

邻桌换了一对情侣，青涩的年龄，一看，就是刚涉世不久。男孩子唤来服务生，殷勤地让女孩儿点单。女孩儿羞涩地推让，最终要了一壶红茶。她有些欣赏地看着他们。青春真好，可以在一壶红茶间成全幸福与快乐。

她用勺子轻叩杯沿，清脆的声响吸引了那对情侣的目光，她朝他们微笑，他们报以同样的微笑。其实她想告诉他们，能够就这么坐着，喝同一壶茶，听同一首曲子，已值得珍惜与感恩。

三月琉璃，四月芳菲。她记得谁说过，春过后，就是万里无云的夏。时间总是飞逝得很快。初次遇见的镜头，依稀就在昨日。转眼，又是一春。

风吹来又飘去，如谁的怀抱，温暖而厚实。她突然感怀起所有的日子。那些个有着争吵，有着失落，有着无奈，有着太多太多感慨的日子。都过去了吧？她喝完最后一口伯爵，轻轻放下杯子，离开那里，释怀。

是的，春是一个令人憧憬的季节。万物复苏，桃红柳绿。明艳得有些耀眼。这样的时节，总会让人情不自禁地想到美好的未来。他说，好好的，一生。她记得，一直记得他说的每句话。如同记得他一尘不染的笑，无邪，孩子一般。

外面的阳光真好，木棉开得极致。信步融入街市，回头再看，竟多了几丝明了。独坐的心情，却可以分享。她想告诉他，这里，她替他来过。临窗的风景，很美。

随意吧，就像窗前那些花儿，今日开放，明日枯萎，都是顺应了时节，从不刻意了来。

旧时花朵

我尚且记得去年生日时，和闺蜜坐在必胜客里，点了些小吃小点，有一搭无一搭说着漫不经心的话，一晃一中午。那天下午我们都还有课，所以行色显得匆匆。聚合，离散，自然如风。

生命的味道，在光阴里，如同藤蔓，生长不息。又一年，又一岁，自然是令人欢喜的事。只是近年来，不再刻意记着自己的年龄，有时旁人问起，也是要想一想，算一算。就像旧时花朵，远去不归，谁还会惦念具体哪一朵。去了，也就去了吧。日子浓稠，也平淡，只记着那些美和愉悦就好。有些，能淡忘就淡忘。

十月金秋，有丰收，有光芒，世间饱满有力。可从来没有因为生在这样的季节就无比热爱它。霜降，秋至，冬就离得近了。山水萧瑟，满目疮痍，如繁华过后的凄凉。总是喜欢靠近温暖些，像春天多好，即便还有些寒潮，心里却知道，只会越来越暖，等一等，就好了。

其实，真的想要什么，并不自知，也许微小，也许盛大，也许熙攘，也许清冷。不管怎样，活到多大，都会用尽全力，去珍重，去探索。我在“我爱我家”的征文里写老吴老华，其实也是在写自己，命运多舛，他们应该已经过了大半辈子，人生至秋，百般滋味。每每想起这，便会涌出无限伤感。或许是因自己也已人到中年，所以并不乐观，深知他们不易，自己亦无力改变太多。生活的模样，始终达不到想要的。当然，这也没什么，亦步亦趋，既不铿锵，也无阑珊，这是生活的本质。

很多时候，不想说话，不想去任何地方，只想一个人坐着，在窗前，坐到日光照耀，再坐到余晖红霞。有人说我性情冷清，有人却说安暖顺意，其实不过是，不愿见着谁都示好，不愿违了心。一世光阴，何苦为难自己，独自开放，或是芳香满园，都好。随意吧，就像窗前那些花儿，今日开放，明日枯萎，都是顺应了时节，从不刻意了来。谁说过：人的欲望和要求并没有那么热闹。嗯，双手赞同。过分热闹，人会饱胀，要破裂了似的，然后一心只想逃离。

谢谢自己，在过去的很多很多年里，没有过多虚度，总是有事可做。喜好的多做，不喜的少做，如此罢了。一些字，记录了曾经，如今任取一段，于生命，于自己，都是不可或缺的小情意，小温暖。散漫写字，自由行走，长时间待在家里，缝制布艺，听音乐，写字，种花，遛狗……这就是壮阔的事啊，至于意义何在，从不去想，至于又能否获得什么，亦无所谓。激烈的、蓦然的、丰盛的、荒芜的，全凭自己做主，每每想起，觉得真是炫酷得不行。我爱自己这般性情，如同年轻时一样。

未来是什么样，暂且不管，但还是希望能有个可以种满花花草草的庭院，能够安安静静做个慵懒光阴里的小主妇。小镇有光，有秋色，有念想，有不断更迭的人事物事，若要书写，恐怕会耗尽一生，可是，美不就是这样子吗？谁栽种，谁收获。烟火从容，人亦安好，尘埃，是干净的尘埃，惹了它，又何惧。

今日落下的文字，用来端坐，注视，行走，用来全心全意爱每一段时光。与世无争也好，排山倒海也好，自己内心要落定。最后还想说，许是矫情了点，但都是心之所想。今生所爱、所喜、所恋、所痴，恐怕也就这样了。

当生活日渐琐碎，身心为尘事侵蚀得不堪之时，还能够沉静下来，感受繁琐之外的醇厚，并深深热爱，这是多么值得欣慰的事。

风　雅

朋友送了两瓶青梅酒，说可以养颜。我欣喜的不是其酒的功效，而是那酒瓶的形状实在让人心生欢喜，小口大肚，白色透明，憨态可掬得很，极其适合插花。酒自然没有喝，全部倒进另外的容器，酒瓶另用，放进一些鹅卵石，插上路边捡来的枯枝，端端正正置于书架，顿时有了几份风仪。雪小禅说，禅是一枝花，其实，禅也可是一枯枝。

喜欢这样的折腾，有妙手回春的成就感。老公常说我是个不按常理出牌的人，诸如这般他嘴里闲则生“非”的事屡见不鲜。或因，本身就是挺矛盾的人，一半慵懒，一半倒腾。家中随处可见的“杰作”让本来就不大的家挤得满满簇簇，客厅的纸艺浮雕，房间的布艺玩偶，茶几上的陶制烟缸……甚至，衣服旧了，若是喜欢的质地喜欢的款，也绝不轻易丢弃，取出丙烯画上几笔，照旧在行人的屡屡回首中昂首阔步。

我不知自己的这些算不算风雅，但我有一友，写得一手好字，又弹得一手的好琴，对古玩更是精通，平日里，还会时常码点有模有样的小心情，加之他本人生得清瘦儒雅，说话温和，很文艺，很清新。这风雅二字，似乎天生为他所造。因为我觉得，风雅应是良辰美景，一壶香茗；应是抚琴作诗，弦竹萦耳；应是舞文弄墨，书香怡人。这些，他显然都具备。可是，他却笑言，这雅，该是你那样的。

我这样的？不过是凡事不愿盲从，有点喜欢书籍，也有点喜欢美食，无从擅长，但愿意将大把大把的时间用来炮制所谓的惊喜。画画，写字，读书，布置家居，烹调食品，不亦乐乎。决绝喧嚣，回归宁静的生活，单一，却很充实。对此，自始至终。于是很想问：当春暖花开时的阳台，几盆小葱郁郁葱葱的身姿在风中摇曳，摇曳出生活最底色，且就着三月的风，蓬勃向上的时候，我在这里写一段文字，是不是算风雅？

风雅，实在是一种清寂，凛凛风骨，十分难得。我不确定自己是否拥有，但一直心之所持。当生活日渐琐碎，身心为尘事侵蚀得不堪之时，还能够沉静下来，感受繁琐之外的醇厚，并深深热爱，这是多么值得欣慰的事。也许不要多，只需稍稍用心，便可活色生香。无论是琴棋书画，还是柴米油盐酱醋茶，我是相信一样可以做到风雅极致。

是谁写过，把生活过成一朵莲花。虽然听起来是一件迷茫而遥远的事情，但细细想来，其实不过就是生活的细节。喜欢精致的物品，也喜欢自制笨拙的摆设，平淡素日，悉心雕琢，慢慢就雕琢成了心中的莲。依然会做好泡爪与朋友们分享，用上黑底蓝花的碟，配上清甜的果茶，开上轻柔的音乐，天晴更好。日光倾城，或沉默，或阔谈，心情总会暖暖的。我喜欢这样很生活的雅致，如果，这真的算雅的话。

也许，真正的风雅就是这样的吧，与生活息息相关，与心境息息相关，它是生活的赐赠，且无处不在，它一点都不高不可攀，它和我们紧紧相随。请允许我如此肆意的，自以为是地认为。

天地辽阔，却也只有那一方小天地住进了心里。

素　心

坐在“里头”的里头，点了店里所有的招牌茶，和她轮换着品，像玩一场小游戏，雀跃得无与伦比。店主是个干净的男孩儿，俊朗明媚，笑起来有点好看，端着杯子的步子轻柔稳健。坐那儿候着，时光，是清美的时光，不动声色，又极尽声色之欢。柠檬茶有些酸，蓝莓茶透着甜，薄荷是青草香，都是原汁原味的新鲜。喜欢这样的情致，喜欢这样别致的幽静，仿佛是一种来自无色斑斓又沁着些微微风月的暗示。

白色的墙壁，白色的茶几，所有的雕饰都似无心的告白，简洁得如同没有。遇见的那一刻，竟带了旧日里没有用尽的渴望。这熙攘世间，最是难遇喜欢的，钟情的，所以见着了，总会生出欢喜之意，有时只为了那一点点的好就奔了去。她说，开店的小夫妇是学美术的，女孩儿擅长花艺，男孩子主攻甜点与各式茶水。小两口，可爱，又清新。

我们坐到暮霭四合，又坐到月色清辉，看一拨一拨的人来了，又走，感觉意犹未尽。空气里涌动着蓬蓬松松温温柔柔的气息，那是一种说不来的质感，安暖、寻常、素净。且不管谁的时光倾了城，落地窗前，我们的慵懒，一再慵懒，说着的话儿，随着夜色也逐渐散了去。

有时想，这一生并不是谁都可靠近，能够一起就这样随意地喝喝茶，说说话。有些人，越靠近，越危险。有些人，越靠近，越接近自己。就像她，一直存有棉质的风情，经着她的暖，仿佛有光透过来，令人舒展。我知她懂，即便有一搭没一搭，表述含糊不清。

这春日，已经花红柳绿。那些绿，且要静静地绿，那些红，且要慢慢地红。她说起当年在樱花树下喝茶，好似也是这样的时节，三月末，四月初。大片大片的花瓣落下，天色清明，我们在车内一边听音乐一边闲聊，她安一小茶台，置了些小茶具，几本书，几碟小零食，如同今天这样，一坐也是半日。有风从半开的窗进来，带一缕花香，晕染出一番一番的欢盛。天地辽阔，却也只有那一方小天地住进了心里。

好多无法言说的情谊真的与春天无关，与花开无关。读过一句：我要我们成为精神上的兄弟，我要，我们的灵魂共舞。其实也没有这么浓烈，澎湃得像要炸开一样。只是碎的、淡的、老式的、真实的，持续了很多很多年。

很多的朋友，逐渐隔了山隔了水，人面桃花两相忘，当年的豪情当年的坦荡的誓言，而今早已一江春水向东流了，或许，也会偶尔记起，激起瞬间的怀念，无奈面目模糊，无论怎样也再看不清岁月的容颜。而能有她这样的朋友，真的很好。只一句“在干吗？过来吧。”就能够聚上，彼此欣赏，彼此苟同人生。分开的时候，在彼此心里种植下一片绿荫，闲暇的时候，一起打理这盎然的天地，使其长青。

素心的人，交的是素心的朋友。就是要这样，在光芒的时候寻求光芒，有温暖的时候不等风起。那些能够留得下来的，必定都会在时光之外惊起一池春水，而我，不躲闪。

都写过什么，其实也记不清了，但一定是那个时期最想表达的情感，真挚炽热，像要开出一朵花来。

手写的温度

不知你们有没有过这样的体验，想要找回曾经所有那些带有温度的字迹。我在几次搬家的时候，唯一没有落下的，一定是那一摞手写卡，手写信。它们跨度三十年，是岁月里最珍贵的收藏。一切快速的今天，能够沉淀下来的东西，怕是少之又少，我常常面对它们，感觉时光飞逝，岁月如金。

我收到过的那些手卡与信件，有同学的、闺蜜的，也有历届学生寄来的，当然，还有青涩时期的笔友与恋人。它们上面写有各种各样的字迹，各种各样的祝福，有些字迹端正娟秀，有些潦草粗犷，如同他们各自的性格，内敛或张扬。那时应该没有QQ和微信，我真是庆幸那时没有这许多便捷的通信工具，它让所有的牵挂与思念有了等待，也因为有了等待，彼此愈加牵挂与思念。我们在用心写下那些字的一刻，心里一定是唱着歌的，欢快得如同清晨站在枝丫上的小鸟。你看，他在远方，她也在远方，就那么山山水水地念着，托一纸香暖寄向远方，要倾尽怎样的柔情怎样的壮阔。而将它们投进邮筒的瞬间，一定也是满怀期待，希望那些祝福的话想念的话早点抵达，再快些得到回音，一来一回里，感情就有了光泽。

那时真好，一切很慢，但一切都很值得咀嚼回味啊。

我也是寄过信件的人，写给彼时至爱的人，闺蜜，朋友，一写就是好多。我那些信，若堆在案几，怕也是很高。都写过什么，其实也记不清了，但一定是那个时期最想表达的情感，真挚炽热，像要开出一朵花来。我真是佩服自己，那么难看的字，怎会那么雀跃地写啊写，不知羞的，仿佛有说不尽的话，不担心那人看后嫌弃，任性，又执着。

那时，也有一两个笔友，大概也只有在那个时候，才有笔友这样特殊的友谊吧。我前些天翻看，还有当时一名南京大学的男孩儿寄来的几首诗，字体清隽，端正好看，那诗，也写得好，都是原创。想来，那时也算是不错的文友，经常可以就某部作品某篇文章进行一番不见得很准确的评论，这样的交流单纯可贵，大概持续了一年。后来，不知怎的就失去了联系，是他毕业了还是我毕业了？我竟忘了。虽有些可惜，但觉得，人生的某一个阶段有过那样的一段交流，足矣。有些缘分，戛然而止，也是恰如其分的好，可以怀念很久，感觉温暖。

工作后，和闺蜜在同一座城市工作，却依然保持了在年前彼此寄张贺卡的习惯，落款郑重其事写上对方才能看懂的昵称。

我们并不时常见面，但亲密度犹在，白纸黑字，字字情深。很多年之后，当我们拿出当年那些信件相互取笑时，仍会有悸动的感觉。时光宽厚，纯真如昨。两个女孩子之间的悸动，其实就像窗外的阳光，明晃晃的，坦坦荡荡的，温暖照耀着彼此。后来，以及现在，我们都是无须预约随即见面的姐妹，感觉很幸福。

速食时代的今天，有谁还肯铺纸捻笔，书一笺浓情淡意？连短信都少了，直接 QQ 和微信，随时可联系。很多人感叹，字越写越难看，甚至不会写了。谁说不是，填表格，备课，写总结，如今哪样不是借助于电脑完成。写字的功能逐步退化，人也变得懒惰。说不上来，这究竟算是人类的进步还是退步。但我知道，若是有人依旧肯为我手写点什么，一写就是那么多，我一定不想错过。毕竟，手写的温度，稀疏得过于珍贵。

我特别高兴自己在人生行走了这么多里程之后，仍旧可以汲取到最珍贵的东西，它让我从未失去内心的安全感，让我清楚地知道，无须依靠别的来完善所谓的价值感。

帆布包

课堂上有孩子问我，为何每次见着老师都背着大大的帆布包，是因为好看的包放不下东西吗？莞尔。她小小的世界界定美与丑不知道用了什么来衡量，直觉里笃定那是一款不好看的包。若她遵循了某种潮流的审美，想，我是失职的。这个世界有太多美好的事物，我们难以将之归类，也无法真正教会一个人从中挑拣细微的闪光。我不是权威引领者，更无法证明我就是对的，感觉多说徒劳。

对于帆布包的情结大概来源于读书时。一身牛仔，一双白鞋，却永远黑黑旧旧。不过青春里再怎么落魄都是好看的，自带张力的，就像午后的阳光，无论春夏秋冬，都会光芒四射。那时喜欢所有艺术感超强的物件，帆布包上有大大小小的口袋，铜扣铜拉链相搭，背在后面虽笨拙但自在。只是奇怪，很多年后，那些青春里走过的人都日趋娴静，又美丽又动人，我还是穿布衣背布包，像很多年前那样，大步走路，如风一般。

一直用着的帆布包其实是同款第三个，仿佛是一种传承，无限忠诚的，专注无二的。每每都是背带磨损断裂，不能背再换，而换来换去，不过如旧。大概和它有缘，前后差不多跨度十年，此款从未下架。十年，该有多少物是人非，或人是物非。那些当年缱绻缠绵的恋人，如今也是很多早早散了场吧。而我，竟然恋了它十年，也是奇迹。

生而为人，世俗中的障碍很多，攀比更多。原谅我真的不识太多。曾听有人夸耀自己的包自己的鞋都是限量版时，我多看了一眼，感觉并不好看。倒是那些真正简朴清净的人能够让我高看。写过《遇见》，写那个衣服打满补丁的老年乞丐，衣领整洁，全身上下并无污脏，当他坐在树下，阳光透过枝干缝隙洒在他身上，竟像一尊佛，简直让人感觉舒服极了。

总的来说，我不是个有着极其限定生活的人，大多时候能够随遇而安、忍耐自控，但同时又不擅长将自己置身密集人群，迎合随众。这有些矛盾，也有些不自知，骨子里应该有黑暗耽弱的层面，活得稍稍自我。当然，我特别高兴自己在人生行走了这么多里程之后，仍旧可以汲取到最珍贵的东西，它让我从未失去内心的安全感，让我清楚地知道，无须依靠别的来完善所谓的价值感。

这些字，其实都是写给自己的，不存在善恶。所有的大家，都有各自的属性，一切均是自然合理。只是各自的属性，就一定会得到各自的命运，没有什么对与错。我这样说，心里是松了口气的，与人慈悲，终究是快乐的。也许，我要做的就是，多买几款不同的帆布包，这样下次，我的孩子见面至少会说：哇，老师，你换了个包呢，好好看。

原来记忆就是一部留声机，岁月久远后，会有着吱吱呀呀的风味，同样，我喜欢如此触摸曾经的影子，像风一般轻柔，轻轻悠悠地荡过来，荡过去。

你的背包

练车时，听交广台正播放陈奕迅的《你的背包》，手里的方向盘多打了一圈，车往一边倾斜，教练连说，专心，专心。

很多年前的旋律了，没学会，却记住了歌词里那只旧的背包。

我喜欢旧的物品，就连牛仔裤，也喜欢做旧再穿。或许是种怀旧心理，也或许，只是喜欢旧旧的温暖，和温暖的旧旧。总之，因为那只旧得很好看的背包，我喜欢上了这首歌，也因为这首歌，开始不反感那个叫陈奕迅的并不好看的男歌手。

我的抽屉里，收藏了很多的包包，每一个都该有它的故事。也许，不那么经典，都很普通，但追寻着它们的足迹，都是有些美好的片段与花絮的。

我尝试回忆，却发现，原来记忆就是一部留声机，岁月久远后，会有着吱吱呀呀的风味，同样，我喜欢如此触摸曾经的影子，像风一般轻柔，轻轻悠悠地荡过来，荡过去。极美，极富韵律。

是否有着枕着孤单入眠的苍凉，才能意犹未尽地唱出“你的背包，让我走得好缓慢，总有一天陪着我孤单……”的意境？

年少的时候，似乎特别钟情孤独的感觉，有一人行走天涯的豪迈，也有一人跋山涉水的浪漫，都说那时不识愁滋味，其实是有道理的。换作现在，我会执意拉上同行的伴，一路走，一路歌。

真的，即使这样，我喜欢的程度仍旧和当年流行时的一样。我的一些记忆，随着歌声开始复苏，我的青春，终究没有遗落在不堪的年月，曾经，一定很美好过，曾经，也一定很值得蓦然回首。就如那只旧得不能再旧的背包，越旧，倒越是耐看。

在每个人的心里，一定都有那样一首歌，被翻唱了N遍，仍然经久不衰。现在的我，听“神秘园”、听“只有时间”、听“蓝调”、听“卡萨布兰卡”……但是，也听“你的背包”。无须深夜的，任何时候，听陈奕迅问起“借了东西为什么不还？”都会轻轻战栗，一种熟悉的感知如影随形，影影绰绰地在心间摇曳。

感谢这样一个偶然，让我从流经过的长河中捡起几多温馨，在如此沉寂的时空里，拥有另一种情怀，澄澈似水，舒展如云……

愿所有好的器皿，都有好的归属。

器皿情结

最近在翻一些有趣的书，关于生活里的小情小趣，从一餐一饭，到一针一线。所有的内容看起来都会让人有重新置办家居的欲望。而我最感兴趣的是，所有的书中竟都有对家用器皿的重点提及。显然，一个家的风格定型，器皿的使用，远不是点睛之笔这么简单。

我非设计师，写这些，全凭兴趣使然，所持观念也纯属个人。倒是我蜜在这方面比较专攻，她眼光独到，常会有意料之外的创意，去她家，处处有新奇。手头的，眼底的，每个环节的安排，显然都是咀嚼过后的妥当与用心。然，仿佛一点儿不着痕迹，它们立在各个角落，散发出主人自身的味道。你明白，那些就是她的，旁人这样反倒奇怪。

我蜜有完美情结，她的味道是清新的，略带童真童趣，有小女人的精致，却分明又是完全脱俗的，简直美好到极致。你看她所有的瓶瓶罐罐、碗碗碟碟，无一不诠释着生命里的最本真的幸福与美满，温润，轻盈。那些物件，无论质感，还是摆放，似乎都是浑然天成，你甚至觉得，如若换个位置都是不对的。她用的茶具也是常换常新，每一套彼此间都蕴藏着巨大的默契，连同茶则、茶针这些，也是跟着风格来，时而精致，时而质朴。煮水、拿取、操作、收纳、陈列……所有的程序妥帖流畅，你只是看着，也会无限舒心。

我粗犷些，常用粗陶之类的，厚重笨拙，经得住摔打的模样。我始终觉得，一个人使用的器皿一定与她的修为与性格相关。比起闺蜜，我粗糙很多，那些看似不修边幅的陶器常会让我感觉亲切。它们大多出自普通匠人之手，所以不是很贵，但想要的味儿有，自然浑厚，古拙脱俗，似是万事万物本来的样子。

所有的器皿其实都是有记忆有灵性的，慢慢跟主人产生联系，产生感情，最终气息相同，合二为一。台湾柴烧第一人田承泰就曾说过，买回去的器皿，不要供着，一定要用。家里有一叠盒，是婆婆传给我的唯一家当，釉红色，分四层，上有“八大山人”的高仿墨迹，传说民国时期流行，用来盛放坚果糖块之类的。我回来高高搁置了很久，后来布茶景取出用一段时间，越发喜欢。那是一种晕染了悠悠漫长岁月点滴磨蹭酝酿而成的优美情致，更是糅合了过往记忆与活过的痕迹，滋生出几丝温暖的亲密感。

厨房是家中器皿的集中地。我和闺蜜有共同的认识，极简是美，琳琅满目是另一种美。我不介意满满当当，但须质地、形状、色彩、图案合眼缘。中村好文在《住宅读本》里说过：“零乱得好看的厨房，或者有点散乱但是却不至于令人精疲力竭、大方的厨房，是我的理想。”我也是，那些器皿抬眼可见，伸手可得，着实是生活的味道。

我用种养多肉的无孔花盆盛过饭菜，也用笔洗养过铜钱草，用清酒空瓶插过海棠枝，更用硕大的铝皮茶叶罐安放过自己晾干的金盏菊……有时可以忘记它们本来的功能，去寻求另一种可能的存在，这是趣味，更是品位。但不是所有的都能拿来用，要看质地，看物与物之间的契合度，看你周围的那些陈设是否统一和谐。这是一门学问，我也不是专家，但一直在不断尝试与改进的路上勇往直前。愿所有好的器皿，都有好的归属。

其实，什么茶不重要，因为那些时光在泡茶品茶闲聊的愉悦中被完全润泽了。

茶

第一次听友人说起“品茶”二字，我笑得人仰马翻，那么时尚小资的人儿，怎么也该和卡布奇诺、蓝山或玛琪雅朵扯在一起吧。而茶，过于传统，我第一感觉，那是咱父辈的嗜好。是的，就像我父亲老吴，他极少沾烟染酒，独对茶有些痴迷，客来客往，都会沏一壶好茶，话匣子也会从茶开始。

我对茶研究不深，甚至可以说没任何研究，只凭口感去择一些诸如花茶之类的。父亲说，那些，不能算茶。真正的茶，该是观音、乌龙、普洱、滇红这样的。在这样的熏陶之下，勉强尝得一些绿茶，几片叶片儿，在打滚的沸水中漂浮，清清淡淡的绿，几乎没有茶的甘涩，我能够接受。

友人说，越发品茶品出乐趣了。友人还说，和对的人，在合适的地点才能品出味道。我不太能够体会，或者说，我尚未知晓其中的妙趣。但我去超市买回一套茶具，浅色碎花，简约雅致，养眼得很。小小的杯，不如我原先的茶缸过瘾，但让我收敛了许多。小口小口地啜呡，竟也满口生津。友人比我精致，所有的茶具摆放整齐时，琳琅满目，不喝，看着也是一种享受。何况坐在洒满阳光的阳台。看似慵懒迷离，实际也是有些不着痕迹的刻意。只是，我真是喜欢。

去过友人家，见识过她娴熟的茶艺。用烧开滚烫的水下壶，第一壶依次倒进排列整齐的小杯子，再倒出，既洗净了茶叶，滤去了最初的苦涩，又给杯子预热了下。第二壶是可以大胆品尝的。友人用的是糯香茶，海南特产，喝在嘴里，真有糯香溢出，余味甘甜。其实，什么茶不重要，因为那些时光在泡茶品茶闲聊的愉悦中被完全润泽了。因了茶，举手投足间竟开始贤淑起来，有脱胎换骨的新鲜。

到底，我不是真正懂得品茶的人，所以善变。独自在家的时候，依旧用漂亮的茶具来泡茶。只是，都是些不登大雅之堂的花茶、果茶。喜欢茉莉的清新，喜欢玫瑰的馥郁，喜欢藏红花的剔透，也喜欢洛神的澄澈晶莹，而对于相对昂贵的观音、普洱，则一直有些抗拒。我遵从自己的味觉，不随众，不违心。

在宜兴求学期间，去过茶园。满山碧绿，成片成林。趁出去写生时，偷偷钻进摘取过，偶尔遇见茶农，他们也会报以宽容。我们摘得不会多，只挑着叶尖，感觉可以泡上三两杯了就收手。没有加工过最原始的茶叶，其实没有太多的茶香，我们的快乐，只在摘取，不在品尝。一直后悔没问，那叫什么茶。

友人一直豪言说要拉我下水去感受茶的精到，她自己的空间有一组照片，取名“下午茶”，拍的是自己各种品茶时的静态，很情趣。每每看到，都觉得是我“溺水三千”的动力。我终于发誓，当新房装修的时候，我要留最大的阳台，做一间茶坊，日光倾城，氤氲茶香。

家里还有些“七壶香”，是朋友从云南带回的，一粒粒，圆润饱满，珍珠大小。曾经对茶毫无感知的自己，一直冷落了它们。今日取出，有些发霉，悻悻然弃之，心中默念，不是故意的，真不是。有缘无分，总觉无奈，与茶也是。好在茶不懂茶缘，而我也未必，只是此时，轻轻探出一脚，与之接近一步，这是甚好的事。友人的目的达到了，我亦甘于“沉沦”，一切皆大欢喜。

原来，茶与人，也有着不解之缘，没有绝对爱与憎。缘分到了，一切皆可融合圆满。

七壶香

桌上泡着一杯“七壶香”，透明的杯子可以清楚地看到叶片舒展的过程：小小的圆球上下翻滚之后慢慢沉静下来，簇拥着依偎着，而后渐渐探出头来，一点点，偷偷的，如邻家羞涩的女孩儿。等到叶芽全部泡开，水也变得更为澄澈，淡淡的绿，好生雅致。茉莉的暗香盈袖，绿茶的甘醇清雅，只浅浅的一口，就已经爱上它的极致。

不太懂茶，却爱时常捧一杯，仿佛只有如此才会显得格外的超凡脱俗。除了红茶的涩，其他的我并不挑剔。曾经一位昆山好友亲手为我表演过茶道，那是南方的滇红，从台湾带回，属红茶一类，细细的一捆，用红绸缎扎着，非常精致，只看，就已经很是喜爱。朋友说，国内很少有这么上等的，那一次，没有再拒绝红茶，感觉有回甘，入口醇香敦厚。原来，茶与人，也有着不解之缘，没有绝对的爱与憎。缘分到了，一切皆可融合圆满。

后来，喜欢上了花茶，也写过一篇有关于它的文字。那时的喜欢真是没有理由，买了很多种，一袋一袋的，放置家中，每每泡上一壶，就可以喝上一整天。也有时并不渴，只是泡茶成了一种习惯，习惯在氤氲的茶香里做各种家务，让所有暂时的劳累随弥漫的清香飘至远方……有人说，你实在是个雅致的小女人。其实不然，只是尽量不让自己得过且过，有点仪式感总是好的。世俗的生活太过饱满，太过绚烂，太过熙攘，辗转经年，一步一步坠落在它的边缘，四周有暖，才有着落。

这罐“七壶香”是老哥送的。打开后，里面是一粒一粒饱满的小茶球，以绿茶为主，再掺入一些茉莉花，一次一粒，很是方便。他曾戏言，说我是他捡来的妹妹，不置可否，凡事都有些缘分。我并不知道“七壶香”的由来，只狭义地理解为泡上七开也会馨香久远、回味绵长。就如人与人之间的情谊，不管岁月如何雕蚀，最终能够沉淀下来的才是最真最好的。这样的遇见，于彼此，也算是寻常小清欢吧。于是，我开始喜欢起这名字，开始为它寻找一个更为合适的杯子。

再后来，茶越喝越多，不再拘泥于只爱某一种。我的朋友们也知我所爱，会经常投我所好，带些好茶过来，有时福鼎白茶，有时狮峰明前绿，有时极白，有时红袍。总之，各有各的好，它们是生活中的芳香，是友谊的见证，也是茶人之间的茶心与共。她们的情意，是岁月里的锦绣霓裳，她们的心意，盛着整个天地的蓬勃。

杯中的“七壶香”，已越发窈窕越发亭亭玉立，小小的嫩芽儿，摆动着绝美的身姿，在浅浅的绿色海洋里，一波一波地荡漾着，宛如翩翩起舞的仙子，欲往天宫去。茶因人而有了灵性，人也因茶而平添了几分情愫，生命因此而更为有意义。

这是个温暖明亮的傍晚，简单寻常，空气中芬芳氤氲。一碗米线，暖了心，暖了胃。

砂锅米线

路过步行街，心血来潮进了一家米线店，豪气冲天地跟老板娘说，给我来碗大份。柜台里的老板娘问，什么样的？牛肉？肥肠？腰花？我应该很久没来，竟一时语塞。其实真是奇怪，我很少会独自进这样的小吃店，也很少会一人点上一大份。只是今日不知怎的，惊蛰一过，天气转晴，天空湛蓝得不似真的，人就开始放松。然后，就是想吃一碗牛肉米线，就是想吃啊，没来由的，且要砂锅，大份。

店里跑堂的是位阿姨，清清爽爽，人也温和。端过来时，我道声谢谢，她腼腆地笑，说很少有人这么郑重其事的客气。倒点小醋，挑勺小辣油，准备开动。那边有人喊，九号桌要加香菜不？连喊几声后，才发现我就是九号桌。一边回不需要了，一边寻思，这满满当当一大砂锅，该狼吞虎咽，还是该细嚼慢咽？时间尚早，店里客人没那么多，有女孩儿塞着耳机，有男人刷着微信，再看自己，想要吃出仪式感的心也就暂且搁下。

美好的食物值得享受，即使一碗普通得不能再普通的牛肉米线。几片薄薄的牛肉，一点略带酸辣的萝卜干，以及几片火腿肠和半只鸡蛋。这些足以撑起一个人的胃，也足以让一个人的时光显得不那么孤单。闷着头，吃得静水流深，却也吃得涤荡人心。记不清什么时候这样一个人坐过，身旁都是些陌生人，没人关注你是否吃相难看，也没人问你为什么不带上谁一起。小城不大，能够念着一起过来吃一碗砂锅米线的人却是微乎其微。一个人，有一个人时的欢乐。偶尔为之，感觉内心清净笃定与平静。

我向来饮食慢吞，砂锅又滚烫，这一坐，竟坐上很久。食至一半，断断续续进来好多人，店里失却了开始的宁静，身边不时有人走动或经过。喧闹间，夕阳渐渐西下。突然觉得有些急迫的东西想要表达，若错过，也许就像这即将消逝的斜阳，一时半会儿难以升起。

记忆里和人打过赌，谁输谁请客，也就一碗砂锅米线。后来，我欠人这碗米线一欠就是好多年，每每提起，总以玩笑转移话题，知道不会再实现。终究，我不是个善于交际的人，和人相处极易尬聊。我知道，我是静的。不问人间忧欢，一心只识自身所向。这大概算不了什么大缺点，也实属无伤大雅，所以也就保持这样，一直至今。

大份是名副其实的大份，最终也只吃得下一半。大堂阿姨见我久坐不动，过来问我是否吃完，我点点头，她便开始收拾，动作快速而麻利。临走和我说：姑娘，下次点小份就好，不然浪费。像贪婪的孩子突然被看穿，有些不好意思，但因有人体贴，又暖得想掉泪。这是个温暖明亮的傍晚，简单寻常，空气中芬芳氤氲。一碗米线，暖了心，暖了胃。

回家的路上，枝叶静美。友人说她在机场，点了份泡面，清淡寡味，一碗八十，不如家乡一碗实实在在的牛肉米线。哦，原来这质朴的生活，也是她人心之所向。我告诉她，下次回来，就请一碗砂锅米线。

生活大多时候其实就是这样，草色怅然，声色无欢。说得再多，其实还是一个人站在这里，有所期待，又无所期待。

一边烟火，一边文艺

听马修·连恩的*Bress An One*，一遍遍，没有厌倦。有些声音，就是这般极致，清冽，沉静，而又野性，一直穿透心底。我其实并不真正了解它的背景，只知道是种原野的吟唱，风情，且悲伤。我当然可以百度，但不愿，有些感觉只能靠直觉，太清晰，反倒索然无味。

这个周末，将自己封闭起来，哪里都没去，除了菜场。我对菜场有天生的亲切感，仿佛与故乡的土地紧密相连，那些红绿相间的蔬果，不仅照顾了味蕾，也似有满满的归属感。我贪恋它们的味道，爱一个人在厨房，一边阅读窗外的风景，或者窗口摇曳的花草，一边炖煮炒拌。它们是艺术品，有时抽象迷离，有时温婉写实。日常的生活，就这样平铺直叙着，很美很踏实。

有人问，为何笔耕不勤。笑而不语。不喜一味制造，喋喋不休。零散的文字，只是自己的记录，之于时光。从不期待以文字相望，取暖。有时隔山隔水是好的，所有的一切，都只在文字里流尽欢颜。这样，就足够。

傍晚站在窗前。天色已晚，我的风车在转，突然就感动了。拍下发在朋友圈，果然，不是所有人都懂。他们说，哇，风可真大。她们说，还是小孩子，玩风车呢。生活大多时候其实就是这样，草色怅然，声色无欢。说得再多，其实还是一个人站在这里，有所期待，又无所期待。

也读书，薄薄的一本，只用了一个清晨，和一个黄昏。这是一场盛大的文字艳遇，可遇，不可求。对文字的挑剔，似乎也是随着性子来。有时爱贴着土地的质朴，粗粝，真实。有时爱散而无边的小游记，那些我未曾去过的远方，一下子就到了跟前，多少有些新奇。有时也爱纯粹的心情文字，我写我的，你懂与不懂，未必重要。这么任性着来，其实也很清楚自己不喜什么，貌似华丽丽，实则不知所云，常会视而不见。当然，也会有人不喜我的，我们本不同，互安为好。风起，云起，尘烟起，你是你，我是我。

生性不抵抗，亦不顺从，始终带着随性写自己的字，我行我素。更多时候，会置一个聆听的位置，听内心真正的声音。偶尔，会做个辛勤的园丁，给窗台那些绿植浇水、松土、施肥，看它们欢愉地生长、开花、结籽、落红，渐渐成为自己的作品。偶尔，也会做个用心细致的绣娘，替自己的茶席绣个简单禅意的粗麻茶巾、茶垫，纯粹的手工，仿佛氤氲淡淡旧旧的老时光，它们有细微的瑕疵，却温暖而妥帖。偶尔，还会书一壁清墨，并不老练的字体，也是一种情怀，平淡藏身。想，繁华落尽不过如此，日子清净，不盛大，不绚烂，却有恰到好处的欢喜。

只管执意安放吧，难说哪一种更好，若有能够同时安放的情怀在，我选一边清澈，一边粗糙。换种说法，一边烟火，一边文艺。

我喜欢一切生物能够维持它们的本来面目，自然、粗率、芜乱。

小春日和

疲惫到极点，说放松吧，然后自然而然换了套茶具。泡什么茶并不重要，高矮胖瘦茶罐里点将着取，是谁谁。这么干的时候，心里是雀跃的，就像你站在十字路口，只是想去随便走走，向左，向右，全由手中抛出的硬币正反决定。

夜已深，坐这里看窗外颇有几份趣味。东阳台对面没有居民楼，而是某单位大院儿。那些车位停有车，因是夜晚，稀稀疏疏的也没几辆。道路两边是修剪得浑圆浑圆的绿植，我不爱看它们的中规中矩，感觉美感不足，就像戏曲里的油头粉面。我喜欢一切生物能够维持它们的本来面目，自然、粗率、芜乱。朱光潜说过，真正的美极为柔弱，却不可征服。由此可见，他也是提倡顺其自然的本性生长。万事万物，大抵如此，过多修饰，反倒失了味。

朋友圈有人秀他的薄荷饼，隔着屏幕俨然能够感受它略带清凉的甜糯酥，想我阳台也种有大盆，明日早餐便算有了着落。推窗，顺手给所有的花草浇水。住高层，白天弄这些总是不妥。栀子要湿，玫瑰也是，牡丹吊兰好些，干点湿点无所谓。薄荷置于边上角落，搬过来时才发现有点蔫儿，可也不要紧，给它足够的水分，明早一准鲜活。你要知道，它们活得远比你想象的皮实、坚强。爱它们，除却能够享受视觉盛宴，大概就是这份对生命敬畏之后的感动。曾经在老屋有盆朱顶红，开过一次花后，直接扔在墙角隔年又隔月，后来觉得碍脚，又丢弃窗台外，几场雨后，竟胆怯怯开始爆绿，第二年，照样花儿开得炽烈。

你看，生活哪有太多兵荒马乱，不过都是些琐碎。世事纷纭错杂，理清了就好。就像花儿，蔫了，你去浇浇水，它就鲜活了。

曾遭一些人质疑，你这样的人，每天养花种草，舞文弄墨，不做家务吧。真是烦得慌，也懒得告诉他，我最理想的生活状态便是认真做好家庭主妇。一直以为，这称谓比起任何社会身份都显珍贵。日本八十高龄的老太太津端英子，至今仍旧每天耕田、纺织、刺绣、做料理，她这一生只专注于家庭生活。我知道她，是从她与先生一起专著的《每天都是小春日和》开始的。能将生活用心经营到这般境地，从此将她列为我偶像。

其实，生活也从来没有什么可效仿，再如何，她人是她人，自己是自己。但总可找到最接近自己内心的方式，让生活过得越来越好。具体灵悟也非言语可传达，一经言语道破，反如甘蔗渣滓，索然无味。我爱天光云影，你爱与世浮沉，自然是难以沟通逾越的。

愿大家都有自己的小春，日和。

还有很多话想说，好在日子还久。那就让所有一言难尽的牵引，慢慢酿成岁月的陈年老酒，一口一口地啜。

书 写

曲清明回来了三天，五一回来后又去了南京。日子一段一段地反复，平静如水。这些，好似都是重叠在一起的事。让人无意去记下什么。曲学会了乘坐大巴，学会了在路上来回奔波。曾经所有担心学不会的，如今看来都是那么轻而易举。我甚至看到了曲在才艺大赛中劲爆的舞步，我开始重新审视这个小男人，觉得惊喜，甚慰。

一壶光阴，半杯冷清。曲走后的家中多半是这样的，生活的重心开始偏颇，逐渐逐渐，将凯瑞喂成了小胖球，自己也险些遭殃。于是觉得我在《半棵树》中的简介是不对的，美食该当第一。虽然还在探索之中，但这碟碟罐罐总能引起自己无限兴趣，哪怕是纯摆设，也愿意直到满意才罢休。始终无法厌世，只好拼命地去爱周遭的一切，哪怕一碗清汤，哪怕半碟小炒。

而今岁月静好，我庆幸这一生能够以这样的姿态邂逅人间。曾经跋涉过的山路，或许因为风雨因为泥泞而狼狈过，但当那三千繁花突然跃入眼帘，所有的流离啊，潦倒啊，都不过一笔带过。我不再书写不堪，以及落寞。我知道，会有一盏灯火专属于我，你在，便燃得热烈，而我每写一笔，都成了风景。

就这样，自行抉择生活，饿的时候煮一碗面，渴的时候泡一杯茶。生活从来就不缺新鲜话题，四十不惑，大概是真的。

《半棵树》告一段落时，陆陆续续有人来要。送得多了，很担心有些下场的惨烈，总觉得它们最终的归宿会沦为废品。想多了，会好生难过。

那天，朋友来家中，谈起写作，谈起价值观。显然，有些是始料未及的问题，没有具体思考过，内心寥落衰败。挣扎着以最从容的坐姿说起今后的打算，有一瞬间，我坚信可以做到自己想要的模样。尚未丢却全部的纯真，也尽力去喜欢一切令人愉悦的事物，这是写字的本质。至于肤浅与深刻，自会在岁月的漫长徒步中渐渐转换，我不急于求证。

很多人依旧在问我《半棵树》的意义，便想，真是没有好好看序。又想，她们或许不信如此简单。如若要挖掘更多更深的意义，人会累到无力，没有多余的力量给予。我的文字絮叨，甚至有很多重复多余，只是喜欢它的人会看到它散发的光泽。而我的倔强，无人洞悉，连你也不例外。就这样，写着写着就成了今天的样子。懂与不懂，都在那里。

是谁说，文字是精神的食粮，若有，最好，若无，亦不伤怀。是，文字仅是喂饱了虚空。而我，也仅是硬生生撞进，一脚踏入、深陷。只是，再不迫不及待呈现给他人阅读，希望被理解，被关怀。慢慢学会自省，以文档存放电脑。

日子照旧，陈乏，很多都不得不输给了现实，逐渐迁就。若无他事，就写吧。我爱，值得爱的所有。这个夜晚，也因为文字心意两相知。剩下的日子，渴望坦诚相见，以静默交融的方式。直到有一天，你，和你，都会笑着对我说，那些，都是我们从前的故事。那些年，我们闹过，疯过，一起海吃，又一起减肥。那些婆娑的深情，至死相随。

还有很多话想说，好在日子还久。那就让所有一言难尽的牵引，慢慢酿成岁月的陈年老酒，一口一口地啜。来日方长里，我依然愿意书写，你依然愿意阅读，没有比这更让人快乐的事了。

嗯，就那样到老，也没什么不好。

墨写四季年华

【夏】

对于夏，说不上真的喜欢它什么。只是在冷飕飕的冬日，总是无比怀念那样一个季节。

一直对你说，我是个极怕冷的人，每到冬天，都会穿很多很多的衣服，即使有了车，仍旧将自己裹得严严实实，以至于，每每钻进去的时候，会感觉拥挤。我给自己买了很多很多的棉袄，一件件，总是透着各种灰，蓝灰、绿灰、紫灰、黑灰。偶尔换件稍稍鲜艳些的，也是冷色调，苹果绿、宝蓝、玫紫。于是知道，其实，颜色和心情并无关系，一种习惯而已。

我想，我怀念夏的感觉，不过是因为它可以让自己远离寒冷，仅此，而已。

后来，当一次次回首，才发现，关于仲夏，远远不止这些。这也是四季中，我首选写夏的缘故。那是一个关于缄默关于沉寂的季节，也是一个关于梦想关于未来的季节。那个仲夏，分明有四季的交替穿行。

很多片段，总是试图从指尖蹦出，一字、一行、一段、一章。其实，真的写出，不会生涩。一季一季的花，开得繁盛，也开得落寞。所以爱说，生如夏花，簇簇拥拥，点缀了季节，也装饰了自己的梦。

我其实不是个天生忧郁的人，但面对已然拥有的幸福，却常常会患得患失，试探着去触碰，去探究，仿佛一切都不是真的。世上无绝对，唯有真情流转。有些花，注定为下一季的轮回而绽放。

不愿将其放逐在遗忘之外，于是，我深深记住了，那一夏的欢乐，与哀伤。

【秋】

寂静昏黄的屋子，桌子铺垫着纯棉碎花布，那是我从家附近的外贸小店淘来。

我喜欢纯粹细碎的温暖，一点点，如同布上的花儿，即使时过深秋，也照常开得极致。我买了很多这样的棉布，直接垫在桌上，上面随意扔一些书籍和光碟，一些爱吃的零食，再加一杯花茶。

我的小屋，整体显得拥挤。我将自己所有喜欢的，都收藏在此。这里，与其说是一间书房，倒不如说是一间藏宝阁。有时候，我是那么喜欢拥挤，仿佛只有这样，心，才不会荒芜。

我喜欢坐在深秋的夜晚，穿无比硕大的格子棉袍，左手端茶，右手捧书，听不知名的英文歌曲，沙哑的，有些感性的。你曾问，那些歌曲，能听懂吗？我诚实地摇头，脸庞微微发烫。真的，我很少能懂，但就是喜欢。犹如我喜欢任何一件宝贝那样，发自内心。

都说秋是丰硕的，是盛大的，其实，秋，也是悲凉的。不过，那一定是深秋。我对初秋没有感觉，总有夏的错觉。所以，我心里认同的秋，是枫叶染霜，是落叶缤纷，有离人的哀愁，沾染了相思的苦涩。

深秋的夜，常常被我们有一搭没一搭的，切割成一道道微光，无比的空旷与寂静。我们漫不经心的纯粹，如同梵·高笔端的向日葵，明艳得耀眼，也明艳得自然。夜色如水，小屋，在彼此的对话里，开始有了温度。

这一季，比想象中，要来得沁韵，来得透彻。

【春】

整个冬季，会让我觉得奢靡，给自己买了暖手宝、暖足宝，还有，可以贴在身体任何部位的暖宝宝。借助于它们的热能，终于可以过一个非常温暖的冬天。

我想，我要的不多。所以，我想忽略这样的寒冷。

樱花次第开放，那是春。

据说，在日本，樱花也叫风吹雪，或花吹雪。比起樱花这名儿，我更喜欢花吹雪，听起，眼前就会展现一幅绝美的图画，满满簇簇的一树，还没来得及兀自凋零，就随风坠落。这是一种尽情释放的生命，有些悲戚，却很美丽。

小的时候，总有人问起，你真的是正宗中国人吗？像突然被凌辱，愤愤跑回家，让父亲改了名字。父亲笑，不过是个代号，你的特别一点。长大后，不再介意别人异样的眼光，平静地喜欢着自己的喜欢，包括樱花。

明年的樱花，还有数月开放，却在此刻如此期待。

没有人知道，我喜欢春天，不过是因为一场樱花雨，绚烂，极尽生命的绽放，然后归回大地。如一场倾心相恋的爱情，没有犹豫，贴近灵魂的深处，让满园春色，多出几分厚重。

常说，想去乡下建座小楼，有很大很大的院落，和大片大片的田园，让每一个有你有我的日子里，都充满感恩，充满春的气息。

嗯，就那样到老，也没什么不好。

【冬】

因为怕冷，所以省略……

一朵花有一朵花的温柔，一朵花有一朵花的铿锵。

花开四月

今年的花儿，似乎比往年总要好些。这种好，似乎并不具象得很，心里知道，它们就是好，是心头最暖性的芬芳。

冬日时，铁线莲完全枯成了真正的铁线，衰败到极致。放任不管，堆到一边由着它去。生死有命，再怎样，大概也不是我的错。滕本月季更糟，牵着窗外的拱门花架，一层一层，牵牵绊绊，定然搬不进屋。风吹过，霜打过，大雪覆盖过，零下十度结冰过，隐隐觉得路途未知，以为活不过来年。渐渐从心中抹去它们的身影，以新的遇见来替代它们曾经给予的芳香，仿佛它们从未出现过，在这熙攘人世间。

某天抬头看一眼窗外，晚霞将尽，却有一丝绿意盖住了往日的枯竭，纯粹得令人惊叹。那些月季，在春日的光景里悄无声息地独自欢腾，而我，只会盯着它们发呆。我们隔着一扇窗，相互映照，感受彼此沉默中的热烈。那一刻，真是为它们骄傲。

铁线莲也开始苏醒，所有我觉得不行的花儿都在苏醒。它们顺从着春天的温情厚意，安安静静，回到完全属于它们的时光里。我不知它们对我是否有所埋怨，而我自知，内心一度沉浮起意，为日前的怠慢，有着好些愧疚。

四月来了，老家的油菜花开始稀稀疏疏，慢慢结籽，可我的花儿正当时。其实，岂止是我的花儿，还有路边的，篱笆旁的，河岸两畔的，以及小区里的。我的小区算不得高档，但也因着各种花儿，四季分明。海棠、玉兰、樱花、杜鹃、茶花、紫藤……一波一波地开，又一波一波地谢，不一样的繁盛，不一样的声色沸腾。于我，都是喜欢着的。它们或安静，或不羁，各自安妥。

路过一家院落前，突然闻到一阵花香，似有遗落世外的暗洁，忍不住停下来，用力嗅了又嗅，嗯，刚刚好的味道，刚刚好的喜欢，不单薄，亦不过于浓烈。主人说，这叫木香，一簇一簇地开。看似淡雅，却分明开得热烈磅礴。主人又说，它们好养活，一旦落了脚，便会拼了命地长，拼了命地开。它们沿着院落的木门向两面延展，直到覆盖了整个院墙，曼妙伸展开成无与伦比的锦色。讨得一枝，欢喜而归。

小城的花儿越来越多，多得纷乱，也美得炫目。回乡的友人感慨，如今的老家，似乎能够称得上“樱花之镇”了。的确是这样，从前稀罕着的，如今开始寻常，它们在小城各处落地生根，花期短暂，却声势浩大，开得辽阔熙攘，开得颠沛缠绵，稠密的花朵漫天飞舞，有着生命的味道，决绝，尽兴。

家中最大的亮点是几株绣球，每株都有差不多二三十个花苞，像是倾尽所有，沉醉在自己的光阴里，舒展，绽放，任性又自由。想象着一个月之后的阵势，无法自持。那会是怎样的风生水起，一朵花有一朵花的温柔，一朵花有一朵花的铿锵。

我其实愿意记录每一朵花的生长历程，无论是用相机，还是文字。我一直认为，所有的花儿都有世间最充沛的美，圆满，或损伤，也都是一种力量，也许，你无须探究，只要在开满鲜花的道路上，一步一步，一季一季慢慢行走，直到跋涉到世间的最深处，直到，花开了谢，谢了再开。

第三辑

清流自渡

其实，做不了像人的人，能做个像花儿一样的人，也是极好的吧，以安然的姿态只争朝夕，就算清绝过后，默然成泥。

其实，做不了像人的人，能做个像花儿一样的人，也是极好的吧，以安然的姿态只争朝夕，就算清绝过后，默然成泥。

做像花儿一样的人

窗台上有些尘灰，也有些斑斑灿灿的非洲菊，红色褪尽，枯竭成干花，曾经灿烂无比，现在斑驳无比。这时节，紊乱得让人辨不出。总之，那些花儿开着，立马就倾了城。有时盯着它们看，看它们开了落，落了开，像极了一堆过往的、单薄的情节，突然，就那么随风去了。给它们浇水、施肥，尽心又尽力。还好，总会得到些慰藉。它们开了一季又一季，默不作声的，不遗余力。

无尽夏过于梦幻，一拨一拨地变色，粉嘟嘟、绿莹莹、蓝晶晶，最后又成紫灰紫灰，我不知它是否存有某种撕裂的情绪，偶尔忧伤，偶尔欢腾，不愿停歇。蓝雪有种萌动的野性，在寂静的深处无法收敛，那么短的时间就让自己起起伏伏、熙熙攘攘，蓝色的花倾泻而来，我从未见过如此纯净的蓝，一簇一簇的，极致、雅致、别致。还有木槿，动荡淋漓，枝枝欢美，是柔媚的粉，是标致的形……我真是爱它们，光阴缠绕，它们是我的春色，暖暖地沁着一种说不出的小情意。

这世间终究是美好的，能够如愿的。你要阳光的时候，恰好有晴天，你要微风起，推窗即可得，不辗转，不流连。读书、写字、养花，日日倾尽慵懒。梁实秋说过：闲，要有滋味，忙，要有价值，人在有闲的时候才最像一个人。

我要做那个像人的人。

做个像人的人其实不易，活至今日，知道能够真正随心随意的不多，大多时交付于烟火，克制隐忍，虚情假意。在生命的背景里，期待微微的媚色，期待有道光的闪现。有时会庆幸，工作与孩子相关，还是欢喜的，尽管不都是游刃有余，但至少明白，无论他们是怎样的顽劣，不过都是发自内心的天真，无须提防。是的，我对他们又爱又恨，恨的时候咬牙切齿，爱的时候捧在手心。倘若他们都是我种植的花儿，我愿他们都是含露的那种。

花儿和人，在很多时候其实有着微妙的共性，都有肆意生长的灵魂，爱奔着那一点点绚烂去，知秋，又不知秋。

窗台，还是那个开满花的窗台。曾多少次，捧着书本站在花前，却忘了翻页。总觉得，我的前世大概就是它们中间的一朵，寂寂盛开，是胭脂的红，是旧夏里的美好所在。其实，做不了像人的人，能做个像花儿一样的人，也是极好的吧，以安然的姿态只争朝夕，就算清绝过后，默然成泥。

热闹只能是暂时的，就像烟火，寂寂灿灿，最终湮灭。

归　顺

性情的人，总有一处可归顺。

逛街，无意瞥到一枚胸针，乳白色帆布底，青色棉线作色，红色锁边。绣一只猫，一条鱼，既无声色，又好似声色沸腾。反正是喜欢的，偷偷拍了照。然后，回头冲动得无可抑制，亲手制作很多，自留，且送友人。

一直寻求能够带来安慰的东西，编织，种植，写字，以及将零碎紊乱的器物归拢。这一世，无法给予自己更多的锦衣玉食，但总能与自己世界里的温暖寒意相认。我知道这很难得，很多人并不自知，将理想暴露在光天化日之下最终无法收场。

和苏聊，说灵气需要养，有时要隔绝，有时要烟火，有时要激进，有时要慵懒要迷离。繁复着，荡漾着，放逐着，困了就去躺，醒了就晃荡，这样的光阴，才有趣味。落定，是风暴的落定。动荡，是安宁的动荡。界限不明，看似无归处却又仿佛早已尘埃落定，真是微妙得很。

写字品茶的双手，也一日三餐做羹汤。苍茫里，沾一身玲珑烟火，再竭尽全力呼唤光芒，偶尔停顿，偶尔伸展，这是我要的，谁也无法阻挡。所幸，一路行来，总能准确辨出同类的味道，质朴，素净，不失精巧。

不爱招招摇摇，亦不爱索取。这两样会消耗太多。矫情的话能不说就不说，矫情的姿态能不摆就不摆，日子，毕竟是自己过的，生活得舒适与否，也是冷暖自知。一心一意，被温暖，也给予温暖，时时感知芬芳，柔暖，优美，这就够了。

内心的安置，需要灵气在，而这灵气，得日日修习。用纯正仰望世间，将一日一日的光阴在簇簇盛开的烟火里开成一朵莲花。看植物生长衰落；用铅笔画很多花朵；缝制好看的饰品；编织一条倾心的围脖；收集各式商标；在夕阳西落的时候烤几个红薯；采一堆枯枝败叶插进墙角的泥罐里……就这样吧，许自己，一世芳香。

睡个懒觉，就能看到阳光。这寻常的日子，透着寻常的欢喜，尽情尽意就好。到了一定年龄，仿佛才可以准确找到自我，喜什么，不喜什么，一眼看穿。再不去争那些山高水长，慢慢在自己的土地生长出完全属于自己的姿态，不动声色地度日。至于爱恨情仇，都姑且搁置，山水之外，不过还是山水。

想，修为，从来都是独自的事。独自吃饭，独自写字，独自看世间纷呈。在独自的世界里，所有的时光都那么亲近动人。

喧闹的世界无法修行。喧闹的一群人里，你始终无法沉静看自己。来来往往，反反复复，哪里还有落定？热闹只能是暂时的，就像烟火，寂寂灿灿，最终湮灭。萨顶顶唱：人们在行走，身上落满山鹰的灰……真是喜欢啊。

光阴寻常，零零碎碎的片段组成光芒。而我坐在这里，用无比散漫的文字告诉大家，无论花草烂漫，还是凋敝无声，你要有信心，有力量，去触摸春日的嫣然。不要等待，要修炼。在时光里默然寂静，直到破茧成蝶。

有多少现实，不过是梦，而梦，却如此真实。推着人，如行走的滑轮，不经意，已走了很远。

夜已央

夏天的夜，总是有些燥热。没有空调的房间，只有电扇在转。那是一台黑红相间的小台扇。上面的标签尚未撕毁，有些斑驳，却清楚记录着，这是2009年的产品。仔细算来，也已是十年。但，它的光泽依旧，动力依旧。所以，一直舍不得丢弃。就像任何一件精心淘来的宝贝，她总会悉心照料。或许，有着某种念旧的情结。每每与它们交结于时空。她总是快乐着的。

徐徐的风，在旋转里，落在身上，有丝丝凉意。长长的发丝，随风拂过脸颊，痒痒酥酥的，她忍不住用手梳向脑后。夜，很深，小城的夜，安详静逸，只听得身边风扇的呼呼声响。清晰，无止境。抬头看了看墙上的时钟。已然凌晨。她喜欢这时候。在第一缕阳光洒向大地之前的任何一个时刻，她总是没来由地喜欢。其实，也不做什么。只是享用一些安静的时候，再用一些安静的文字抚慰自己，告诉自己，以及别人，一切安好。

裹着硕大的睡袍，盘坐于木椅。木椅的棱角过于分明，久了，总是有些不舒服。于是，隔一段时间，她总会换个姿势。那件睡袍也总会随着姿势的变化而打着不同的皱褶。这是件土布蜡染的睡袍，在一次写生的途中买得，汰洗过多后，松松软软的，加上阳光的味道，贴于身，会令她无比安心。欣慰的是，墨绿的底子，一直没有太褪色，胸前蓝白印第安人的头像，因蜡染特有的纹路而显得温和、神秘。她对它的钟爱，超过了别的，每次换下，总有患得患失之感，如恋人离别。

时间在滴滴答答里开始流逝，打开CD，听*I'll be there*(《我会在那里》)。开始想念另一段时光。那里，有她的任性与欢喜。肆无忌惮地说话，完全释放。她不感伤，很久了。她总是愿意用最真最美的微笑去迎合每天的日月轮换。然后，静候所有真正属于她的时光，细碎而温暖。就那么淡淡的，如同晨曦里的薄雾，氤氲了整个夏季。她开始书写美好，自然着的，一切水到渠成。

良久，听到对岸有人在吹口哨。她停止手中的一切，侧耳倾听。调子有些凌乱，断断续续的，却透着欢快。她叫不上什么曲子，只是在想，这样的夜，竟也有没有安睡的人儿。他从哪里来，又走向哪里？吹着这不成调的曲子，一定是有什么值得庆贺的事吧。她忍不住推开窗户，探出头，街心，果然有年轻的身影，在路灯下渐渐拉长，越行越远。

她有瞬间的恍惚，那身影，似曾相识。突然忆起一场梦。多少天过后，她仍旧记得那些梦里的细节与真实。以至于醒来，一时不能确信那仅是梦。有多少现实，不过是梦，而梦，却如此真实。推着人，如行走的滑轮，不经意，已走了很远。

她重新坐下，理了理睡袍，将自己完全包裹起来，似乎只有这样，才能得到巨大的安全感。梦的记忆，还在。她不是容易失眠的人，总会倒头就睡，没心没肺的那种。如果有下一个轮回，她想，她一定会变成嗜睡的小猪，只安心地入睡，醒了就吃，吃了再睡。他却敲她，说不许说这些傻话。每每这时，她就会格外开心。谁知有没有下一个轮回，一个今生，就足以令人感激。那些傻话，不过都是傻话，不当真的。

人的一生，最值得抱憾的事大约有三种。消逝、错过，和迷途。她暗自庆幸，这些，似乎暂时都与自己无关。该拥有的，她都拥有了。她唯一可做的，就是简单着面对，与自然无限接近。人生，有一些不动声色的幸福，和一些，安稳的快乐。即使偶尔独自一人行走，也会不那么孤独。

真好，就这样到老，真的没有什么不好。那些可及的温暖，经年过后，该有怎样的芬芳？世间这么荒芜，寂静深不可测。倘若一直一直，都能够在彼此视线里安好。那么，所有的夜，都将在涉水而过的潮湿里，宛转柔情。

生命中有理想、有欲望、有阴影，缠缠绕绕，牵牵绊绊。如果有不开心，缓一缓就好。

我的景

文字，棉布，白茶，慢摇，窗台被淋湿的多肉，是雨天的味道，也是我喜欢的气质。这是一段自我的生活，是一些零星的美。我允许它们以各种干净的姿态出现在我的生命里，哪怕，其实什么也没做，只是打了个盹，只是发了个呆。

文字有不可泄露的芬芳，意识到这一点时，倒是写不出什么来了。很多时候想，喜欢的东西，不一定得日日靠近。若即若离，反而会有种意念中的美，更加让人欲罢不能。你看，生活有太多需要记录的瞬间，它们有缠绕不止的香气，它们绽放着或温柔或铿锵的气息，你要如何一一俯拾？索性都不去管，像每一位过客那样，路过一些刚刚绽放的朝夕，路过光阴，也路过悲喜。能够路过，就已很好。

一晃就是数月，一晃就是数天，到底，还是等来了春天。

择一日，就像今天这样，坐下来，静静的，长久的，观这窗外红尘，来来去去，聚聚散散。也或者，拿一枚绣针，在靛蓝的布上飞针走线，绣一枝四月的海棠，不管清疏，还是繁密。这样静谧的时光，就着微凉干净的春风，一嗅，便醉。

生活在哪里，便是哪里的模样。风雨落花，捻一瓣残红便好，何须葱翠满园。一壶茶，从日照，喝到日落，只遂自己的意。李健唱，我愿人长久。薛之谦却说，刚刚好。都对，都好，不一样的丰饶，充沛，一样的澄澈绚烂，有小欢喜，小光芒。从前那些念想，也没实现几样。颠沛流离里，所有无法通行的修行，斑驳，自我约束，最终都慢慢放下，远去不归。突然就像一位老人，在安定里无所事事，无清瘦，也无饱满。

剪了短发，仿佛看到一种极致的美好，独一无二的，抵达心里。六个小时的涅槃，从正午，到日落，这显然有些奢侈。可美好就是这样啊，需要时间，一点一点地极尽酴醾。从前是多么潦草啊，顶一头无须打理的长发，任由它们自由发挥，每天过得有趣味，又仿佛无趣味。

细小的雨，一丝一丝地落，窗外所有的植物慢慢变得招摇起来，红是炽烈的红，绿是透亮的绿。某一刻突然醒悟，它们都是我的，这些天赐的美意都是我的，心有澎湃。躲在室内琢磨，是不是又得添点什么，那种枝叶繁盛的，就像春天的灵魂，是寻常又寻常的生命之景。

我爱它们，真是爱到了骨子里。

那个说要拿着单反冲进雨里拍照的蜜不知去了没有，拍了没有，尽兴了没有。而我另一位说要借地我种菜的蜜大概又去了几十里外的小镇。我反正一坐又是半天，抬眼，已是黄昏。这一生，真正交集的人不多，她们是清瘦岁月里的锦绣，哪怕静至无语也会心有斑斓。我们各自安好，也相互辉映，这就是最大的好。

跟人说，人要快乐，实在不必拘泥局限，麻木纠结。念着世间的好，好到衰，好到盛，都以为是恩。被认可，说自酌自饮，冷暖由心。你看，只有相似的人才能共通，哪怕一些莫名其妙的话，不会说不懂。生命中有理想、有欲望、有阴影，缠缠绕绕，牵牵绊绊。如果有不开心，缓一缓就好。四周暗下来，裹着白日的欢腾。盛开的花儿，依然静静的在那里，灯光下，花影熙熙。断断续续写下的字，是一个人的呓语。其实什么也没改变，除了时光，一泻千里。

起身关了窗，下去取快递，说又有绿植、花盆到。好吧，无论它们是什么样儿，最终又会长成什么样儿，只要是我种下的，必定都是我的果实，我的风景。

那些时光，是闪着光芒的，仿佛散发着清香，一缕一缕的，氤氲在这个有些炎热的七月。

有　闲

假期两趟短途回来，开始闭门不出，整理一些稿件，以及无休无止地修改。情绪在文字里复活，有时平缓，有时激烈。日子过得有些清寡，面容也憔悴，邋邋遢遢的，没有上班期间的整洁。但这一定是特别真实的状态，连照镜子的细致也可以省略。渐渐，有了老去的心。

剪去长发已是数月，很快适应这样的自己，感觉不再拖沓。当然，人到了这个年龄，总要有这个年龄的妆容，不再执着于什么鲜嫩。有些东西一去不复返，是终结，也是起点。往后余生，理解和接受的东西，大概也和从前不太一样。或者说，突然明白了一些道理，情愿只在山水、光影、寂静中消磨时光。刻意取悦的事，能不做，就不做了吧。

在扬州淘得中意的手工陶艺，回来不慎摔碎。这一次没有过分疼惜，只是轻轻捡起，收拾干净，内心极其平静。缘分这玩意儿不好说，人和人，人和物，冥冥之中有些宿命。强求，并不可得。倒是爱极个园里那些青翠欲滴的竹林，似自己前世的某个场景，一个人独居在那汲水煮茶，焚香抄经。景和物，到底不同。如果说物有让人占有的欲望，而景，只会让人获得更多的心灵自由。

和小九相约，如果八月中旬能够彻底完稿，我们就抓住假期尾巴去重庆、成都逛逛。和她一起出游应该是有点意思的，两个相似的人，有共通的话题，一样爱棉麻，一样对世间抱有新奇、善意、诚挚，以及单纯的热情。在苏州，我们一同逛书展，听毕飞宇讲课，一同和朋友们露天吃着龙虾、烧烤，喝着啤酒嗨到凌晨。也进美衣店、星巴克。那些时光，是闪着光芒的，仿佛散发着清香，一缕一缕的，氤氲在这个有些炎热的七月。

时下，坐在家里的空调底下，外面有焦灼的知了喊叫，窗外散落着零零散散的一些花草，它们大多被搬进室内，没有了昔日放任的美感。万物同理，释放、束缚，必有不同姿态。但只要是我的，我都爱啊。依然每天早起，给它们通风、浇水。我和它们，各自有轨迹，却又相互辉映。它们活得比人通透，知道应着季节走，繁盛，衰败，有自己的规律。

有些时日没做饭，每天敷衍着来，常常买早点时带一份给中午，都是简单的那些。有时豆浆油条，有时烧饼回来就咖啡，没有固有的吃法，也常搭配得莫名其妙。对于饮食，一直可讲究，也可将就，倒不需要一定怎样怎样。一直觉得，随着性子来，是特别舒服的事，所以，不以习性煎熬自己。当然，我也是慢慢悟出这些，感觉轻松。有人却一再叮咛，你要吃些水果，你要喝些牛奶，你不要吃那些剩饭剩菜啊。突然想起我妈，也曾关心我这些那些，但现在知道我执拗，已少说了很多。心里知道，这些都是珍贵的所在，不是谁都会可以，谁都会能够。

买了个小冰箱，用来专门放置茶叶。茶叶不多，品种亦不齐全，偏爱绿茶、白茶。很长一段时间，辨不出品质的好坏，入口甘醇即可。喝茶既是件优雅的事，又可以做到豪放。什么场合里喝，和什么人一起喝，大概比茶本身要有意义。茶是喜好，也是媒介，值得用郑重的态度对待。如果有人愿意花费时间专心致志地为你泡上一杯、一壶，无论什么茶，都要感谢。

最近在读一些旧书，发自内心地认为，作者与读者之间需要一根平衡的纽带，若有心心相印的感觉，则为更好。很多时候，我们选择喜欢的作者，必定与之共通联结，能够读到自己来。有人认为读书必读名家，我倒有些异议。但有一点，多读些，读广些，大概不算坏事。

有闲的午后，敲下这些字，时光也就充实了很多。

所有自然的美都是纯粹的，是繁杂琐碎生活中的一抹香。

不甚大景的日常

六月的最后一天，下着一场大雨，推开窗，听得到植物蓬勃生长的声音。雨后清新，却也早已暮色四合，那些花花草草在风中摇曳，影射在玻璃窗上，是高高低低凌乱的美。远处有灯，暖黄色，与屋内遥相呼应，让夏日的此时开始悠远绵长。

搬回一些淋透的，再搬出没能淋到雨的，来来回回，像辛勤的农人。播种、浇水、劳作、收获……好想就这样，假想在田园深处筑间小巢，然后不去管其他，自顾自地消遣。

与友微信，他正在乡下。他说真是喜欢乡村的黑夜，喜欢闻所有土地的味道和庄稼的味道，喜欢蛙鸣鸟叫虫吟，喜欢回到太古的感觉。他问，我是不是老了，为什么总是喜欢这些呢？我说性情所致，与年龄无关。真是这样，想起自己，每次回老家，也是兴奋得在家前屋后搜寻记忆里的林林总总，拍这拍那马不停歇。而我在城里的家，从没安过纱窗，白天，窗户总是大敞，任凭风儿来去。偶尔会有蜜蜂、蝴蝶、小鸟来访，偶尔也会有瓢虫、飞蛾之类的。它们在屋内自由穿行，互不干扰，又自然又和谐。因为偶尔，所以，每每遇见，总会滋生出几份欢喜来。

你也许无法理解，而我，彼时心是安稳的，如同贴近老家那片黑土地，任凭四季变迁，坦然容纳自然，容纳万物。

所有自然的美都是纯粹的，是繁杂琐碎生活中的一抹香。因它们，你会觉得，人生就是活着的当下，你只要尽情享受它们的美妙就够了。《诗经里的植物》里这么写：细细去听，人和自然似乎在称兄道弟，而现代社会，人和自然的关系不仅越来越疏离，当改变世界的频率越来越快，这种快节奏迷失了人和自然之间所应该保有的和谐频率。多么可怕，就像前路无门的人，明明阳光明媚，心里却似风雪交加。所有的美，你再也看不到。

七月的第一天，雨不再磅礴，淅淅沥沥，如同三月。原先干旱太久，渴望来这么一场酣畅淋漓的，而今下太多，又觉心情被浸湿。给多肉除水，又坐下写字，确信自己尚能集中精力。已是假期，人开始任性起来，想睡就睡，想吃就吃，不想起床时，绝对躺着。一想到这样的日子可持续两个月之久，突然有些恍惚，感觉不真实。

对我来说，宅着就很好，不急于去任何一个地方。曾有朋友说，不论你去哪里，若不能事先熟知当地风土人情，去了，也仅算到此一游，毫无意义可言。远方有诗意，远方更有未知，难说这么表达对还是不对。年轻人擅闯，上了年龄，才事事力求稳妥。就这点，我感觉还是顺其自然着来，各有各的收获，各有各的感动。

很奇妙的时间节点，很多人开始总结上半年，又开始憧憬下半年，仿佛分水岭，一半一半的不同。对于自己，每一天都是新鲜的，又都是情理之中的，不过是又多写了一些字，多读了几页书，实在不值得矫情。

去买菜，荤的素的各来一些。抛开文绉绉的言谈，与菜农讨论它们的长势，以及今年的收成。就像面对自己的父母，尽量和风细雨，贵就贵点，比起超市里的机械冰冷，这里多半是烟火盎然的趣味。

假期，哪里会是想睡就睡，想起就起，不过是时间更为充沛，该熙攘熙攘，该寂静寂静。还是有些事需铆足了劲儿去做才行，告诉自己，再努力一点，就会接近一点。你看，我还是像个辛勤的农人：播种、浇水、劳作……

美丽的女编在那头问，你那文章开头“不甚大景的日常”啥意思？我说，细微的，平淡的，琐碎的，大多人不会留意的日常。

你们喧腾你们的，我独自欢好，且越来越好。

红是红的花

夏日，高温焦灼，无论走向哪里，似乎都无处藏身。蜜在那头唤，过来吧，江南有景，景中有静。这一抹清凉，我饮了，决意过两日前去会合。只是时间一直像个巨大的漏斗，感觉自己无从下手，更无从挽留。假期过去一半，圈里每日刷屏，没有出游的人也可网罗天南地北。她们过得真是精彩，镜头里绚烂如花。某一瞬，仿佛自己也穿越了。

我天性是静的，与人隔阂，不喜过分靠近。这份清淡说不来是好，还是坏。但能够还以自己最真实、最舒服的状态。所以觉得，有时独处也是珍贵的。夏日的燥热，开始生长出一片绿荫，一丝清凉。你们喧腾你们的，我独自欢好，且越来越好。

每日去买菜，有时早，有时晚。但无论早晚，总是烈日当空。那段距离不长，我可以踩着自己的影子玩儿，玩着玩着就到了。挑几根萝卜，拾一块豆腐，割点五花，再配上小葱、姜片……雪小禅写过：一个人，没有烟火的心，不做艳俗的人，怎么可能欢乐？真是没错，日子活色生香，又怎会少得了柴盐油米。

不只是做了这些。性子来了，在家中有限的地盘上整出小片丛林，那是个逐渐繁华的角落，一半在阳台，一半在露台，屋内屋外相连，其实，早已辨不出哪里是哪里，只觉浑然天成，是别样的好。生活处处有风景，红花有红花的美，绿叶有绿叶的美。素人、素心、素手，大概才能活出这样一种慢生活。

种了碗莲，从几粒种子变成一池青碧，它们还未开花，不过不要紧，这样就很好，苍翠馥郁，活得生腾，是无可复制的生命，是不可言说的美好。又种了无尽夏，绣球的一种，据说，会开得繁盛，一波一波的蓝，夹杂一波一波的粉，色彩炫幻，让人不得不有无尽的期待。陌上花开缓缓归，也不急。当然，还有袖珍椰子、清香木、鸟巢蕨、玫瑰、月季、牡丹吊兰、常青藤……屋子虽小，却揽尽四季，揽尽所有。

那些花草，其实是什么品种不重要，我喜欢它们，并不因为它们是什么，而是因为它们是它们，是我日日倾心浇灌的绿意盎然。欢喜，不负。

去邮局取稿费，四张一叠。邮局的小美女说，我知道你呢，上次也来过，名字好特别。突然像个十八线的小明星，有被人认出的意外与暗喜。你都写些什么？小美女一边核对数额一边追着我问。哦，就随便写写，类似闲谈，爱自己所爱，写自己所写。她大概有些懂了，说，那欢迎你常来哦，有机会要读你的文字。

这个夏天，其实更喜欢阅读。毕飞宇说，写作不同于美术，不同于音乐，更不同于体育竞技，那些东西没有细节训练是不可想象的，写作有它的宽泛度，有时只需会写字就可以了。我不知该不该认同，但有一点毋庸置疑，任何事物都有两面性，有技巧与无技巧同样可以出其不意，也同样可以平淡无奇。

我不是多产的作者，所以特别敬佩勤快的人。但所幸的是，我所有的字，几乎都能够落实到纸上，白底黑字，散着墨香。我视为被认可，且没有比这再好。真的，美好的季节里，这算得上是一份锦上添花。

我的白天总是特别短，我的黑夜拖得有点长。这让我焦虑，感觉时间不够用。很多的事，都要时间来换取，比如浇花，半小时是不妥的，比如做饭，起码也得一小时，而读书，则需要更多，那么写字呢……这一桩桩，没有哪一样可省啊，甚至，尝试偶尔写封手写信，寄给自己。

活着，不是负累。行走每一段路途，都有值得为之付出的美好。我们的心房，都该住着光，素色的，一天比一天明亮。

这个夏天，窗外无风，可内心清凉。和自然对话，听鸟鸣蝉吟，远离繁华与虚空，将自己静成一幅画，红是红的花，绿是绿的叶。

生活，就是一壶琐碎，盛进欢喜，倒出忧伤。

雨

晚上八点，大雨滂沱，间或有雷声，一切都是夏日该有的模样。坐这里看书，其实没专心。雨太美，打在落地窗上，反射出对面庭院里的灯塔，是星星点点的光亮。忍不住上前用手指划，一道，两道，突然就像回到了童年，那些下雨的日子，站在屋檐下故意淋雨，然后被我妈一把拽进屋：你这小丫头，脑子坏掉了，生病了可咋好？

小的时候，总是对雨深恶痛绝，除了不可以出去玩，还是不可以出去玩。我妈也说讨厌，说洗了衣服不能干，挂哪都有了味儿；说村头的独木桥中间断裂了几根，下雨过后又湿又滑，你爸的自行车怎么过……简直是万恶之源，没有任何美好、浪漫可言，有的只有不便，以及无尽的烦忧。

记事起，老家一直住小瓦房，那是爷爷辈的骄傲。传说，当年方圆很多里，我们家的五间青砖黛瓦，夹杂在众多茅草屋中间，实在是突兀。可再好的房屋，也有它的期限，经年之后，每逢外面大雨，里面便也淅淅沥沥无休无止。我妈乐观，说找个匠人过来换了屋顶残损的瓦片即可。我爸倔强，说这样的活儿不难，自己换就好，何必费那劳什子的神。可就在那次，我爸从屋顶直接滑落下来，虽无生命危险，但导致手腕、手指严重摔伤骨折，很长一段时间都需打着绷带、绑着石膏板。那一年，我妈刚好怀着我弟，还有不足一个月临盆。

我觉得是雨的不是，它太凉薄，只赐人以清苦，从此与它较着劲，各种诅咒。我爸却说，幸亏这场雨，和这一摔，他才自此练就了双手写字的新技能。他给学生上课，左手板书，他练书法，同样左手挥毫，有时还会左右开弓，双手齐下。我有一蒸饭的铝盒，至今还留有他用左手为我写下了名字，漂亮的隶书，是我每次去食堂取饭盒时都会涌出的自豪。

其实，雨哪有对错，不过是日子太艰辛。后来越过越好，自然就和了解，连别名也不再故意避开。偶尔，还来两句应景：水光潋滟晴方好，山色空蒙雨亦奇。溪云初起日沉阁，山雨欲来风满楼。你看，所有的雨都有了画面，然后转化成诗意。落雨成帘，仿佛是与自己的邂逅，轻语："哦，原来你也在这里。"记忆苍茫，那些不好的过去，就忘了吧。

曾经那么抵触，而今轻易握手言和。原谅它，就像原谅了自己青春里犯下的小错。再回忆，所有的一切都开始格外美好。还是雨天，若恰好在冬日，我妈会用脚炉给我烤红薯，间隙撒些花生，然后她坐一边儿纳鞋底，我则捧本儿书，做安静的小女子。等到炉内“霹雳啪哒”作响，我妈会掀开铜炉盖子，用筷子拨它们，替它们翻个身。再有焦香出来，大概就能够供我解馋。至于外面下不下雨，那是老天爷的事，随意好了。若在夏日，更为惬意，我奶奶会挪出方凳，有时教我绣花，有时玩一下午的“小猫钓鱼”，也有时，给我梳几个小辫儿，换个花样。生活，就是一壶琐碎，盛进欢喜，倒出忧伤。顺风，逆流，不过是看心境。

而今夜这场雨，给我所有的花儿浇足了水。整个晚上，我只负责搬进搬出，轮换着来。它们也积蓄着能量，努力蓬勃。而谁又能知道，在历经无数次雨水的洗礼后，它们会不会绽放出最美的姿态。可是，那有什么关系，心里有日月，四季会常青，心里有天地，雨天也朗日。

坐在这里，听外面风雨缠绵，摊开的书，翻出几页，那些文字，是隔着两岸的芬芳，万般安宁。

小时光

儿童长篇小说初稿完成，在好长一段时间的抽丝剥茧之后，终于稍稍安定。某些事情进入了某些章程，使原先的随意多了些许仪式感。每日里苏醒着，沉睡着，过得有趣味又仿佛无趣味。

天空悲情，没完没了的雨，一串一串地落。纤说，她坐在后阳台听雨，远处有景，近处有露台。她的露台，近期打理得山清水秀，明媚耀眼。大株的栀子花，满枝压下来，那些香气仿佛从发来的图片里渗透出来，一丝丝，无声无息地缭绕，释放。只一眼，就有了很浓烈很清香的光阴的味道。

实在喜欢她那样的生活，沾一身玲珑烟火，再在光芒里心意浩荡，看似随意，实则是倾心而为。在她身上，仿佛能读到自己，仿佛我们是相通的。而什么相通，无以知晓，亦不去探究。只觉，这一生的遇见，美好到无言。路途辗转，只愿感性抵达。

微开的窗吹进来凉凉的风，有极其饱满的味道，盛开，愉悦。昨晚的茶台早已收拾干净，一盏一杯摆放到位。焚一炷香，起身端了几盆菖蒲来，那些盆，青色粗陶，古香温润，它们生长着的，无一例外地招摇。又沏了绿茶，和她在时一样的明前龙井，且一壶四杯。看叶片儿慢慢舒展，婀娜窈窕，这一刻，顿感世间全是慈悲全是安好。

坐在这里，听外面风雨缠绵，摊开的书，翻出几页，那些文字，是隔着两岸的芬芳，万般安宁。只是还不够，这静默过于静默，优雅过于优雅，仿佛要一些欢腾、撕裂才好。开了大声的音乐，有人唱：究竟留多少泪才能停止哭泣，究竟回多少头才能才会看到天空，谁能告诉我那汹涌的孤独与渴望，是否就是我梦里永隔千里的河流……看到无数个旧时光，想恩爱就恩爱，想颓废就颓废，想哀愁就哀愁。年轻，可以凉到壮阔。

不过一世光阴，总要拿些什么来取暖。依旧每天喝很多很多的茶，很多很多的咖啡。也会在每一个夜深人静的时候，一字一字敲击世间冷暖，所有的气息，是旧日的流逝，是刻在生命里的旅程，有时独行，有时结伴。没有人在意你要表达什么，只有那些字沐浴着光泽，知道你温柔的情意，不管不顾地倾泻而出，有时细腻，有时粗糙。

纤说，高兴的话，来喝茶。她那些茶席，和暖禅意，又有几份小可爱，是琐碎光阴里的静好。每去，只是坐着，说些闲话，茶凉了再续，一晃便是半日。只是今儿不能够，触到哪里都有隐隐的不安，很多要完成的事躲在暗处，未曾理出半个头绪，告诉自己，竭尽全力，慢慢来。

今夜，也只是以字为证，做一种简单的记录，不管留下什么，或枝繁叶茂，或空无一物，都有痕。而记下这些琐碎，不为寻找，只为活过。若在未来的某一天无所事事，心有萧瑟，再次看到这些字，可温暖，可照耀，也就足以慰藉了。谢谢这让人欢喜的小时光，果断珍藏。

活着，其实是件艺术感很强的事，大家各自有味，各自安好，就好。

寻常日子寻常事

去集市，遇见卖花的异乡人，口音偏北，人也长得剽悍。看中他的双色月季，花苗粗壮，叶子却不蓬勃，但我喜欢它枝上的花骨朵，红黄相间，又大又艳。对于色彩的敏锐，一直来源于自己的专业，知道，有些艳是不俗的，就像眼前的月季，红是嫣红，黄是明黄，分开是俗的，合着却惊艳。

阳台花架早已满当，都是些平常的绿植，因为多了，我称它们丛林。它们，专属我的，真是骄傲。一直觉得自己不是特别讲究的人，无所谓什么是什么，极易被取悦。它们也是随意得实在不拘小节得很，该舒展舒展，该绽放绽放。倒是每天一早醒来，就能听到窗外各种鸟鸣，又清又脆，有微小的快乐。心在释放，一下子就有了空白的开始，感觉奇妙。

那些鸟儿不知哪里来，越聚越多，直到有那么个清晨起早了些，看到窗外密密麻麻、黑压压一片，某一瞬间头皮开始发麻，随即又有了不期然的欢喜。只是它们无法洞悉，彼此打量过后，立马集体旋坠纷飞，“扑哧”两声远了去，再也不见。寻常的日子，就是这般，聚聚散散，尽情尽意。

给月季安置了适合的花盆，灰黑粗陶，有流畅的曲线，简单，却有味。我几乎不喜那些艳俗复杂的，感觉突兀，通常喧宾夺主。就像好看的姑娘，其实穿着素净更好看。说些题外话吧，看到有人不断炫些名牌衣物、首饰、化妆品，越是强调什么什么牌子，越是看出一些贫瘠。你可以看作这是一种生活态度，积极的、向上的、美好的，但频繁反复之后，不得不承认，这让人极其不舒服，甚至生出些厌意来。

所有灵性的光辉都是安静的，一朵花，一把壶，一幅画，还有老家院子里的旧藤椅，再怎么旧，再怎么粗糙，也是优雅的。看似日日庸常的一切，实则都是岁月磨砺后的阔辽。与熙熙攘攘的喧闹不同，它们只在寂静里暗自生香，时间越久远，越有意想不到的风情。

这时节很快就进入盛夏了吧，一树一树的繁花盛开，又颓败。路边捡回一枝海棠，被人折断了在草地，稀疏的几朵粉红，欲开未开，是一袭微明光焰，不细看，会完全忽略。没想好安置在哪，有无合适的器皿，只是不愿有人过来无意践踏，碎一地忧伤。小心带回，搁于茶台一角。

有轻微社交恐惧症，大多时，会隔离人群端坐幽暗里，任由思绪悄无声息地自由来去。我爱我窗台上的一切，也爱那些从来都不属于我的绿意盎然，它们活得欢腾，也活得沉默。与它们，向来无须过多寒暄，说些言不由衷的话。我们互不抵抗，又在不断蔓延的空间里给予十足的真诚。我们都怀有对四季的美意，或疏离，或亲密。无论怎样，都是对对方的喜爱与敬意。

它们不会永垂不朽，我也一样。所以不舍抛下它们四处去游荡，只一心一意待着它们，守着它们。将所有的诗意搬回家中，倾尽想象，幻化出一座岛屿。天空晴朗，阳光肆意，四周，有植物的味道，而我就这样，活成了一种慢生活。

过寻常的日子，做寻常的事，不应和谁的心意。活着，其实是件艺术感很强的事，大家各自有味，各自安好，就好。

日子禅禅有香意，在指尖，在日常，直到开成一朵莲花，落定圆满。

风　里

窗外的风开始凉了，可窗外的菊依旧绚烂。忙碌里，险些忘了它们，直到翻开照片，猛然惊觉，许久没给它们浇水。如果它们可以发声，大概是要责难的。我曾经那么爱它们，以情深，以呵护，可到底还是忽略了。接受亲近，与疏离，是它的命运，而我却不能原谅自己。

世间有多少情意大抵也是如此，曾经一再缱绻，最终一拍两散。在南宋的春天，隔着梅花，陆游没能握住风中那双红酥手。民国才女张爱玲最终也是客死他乡。爱恨情仇，聚散无常。十一月的风里，有人站成了丰碑，有人站成了坟茔。

走进电梯，有时会是一阵香水味，有时会是烟草味儿。没有人如我这般无聊，会根据味道揣测，刚刚是男是女进过电梯，他们又去了几层。不明就里有时会让人兴奋，同时也会在上下几秒时间里觉得有事可做。我一直是个闲不住的人，邂逅花朵，邂逅光亮，且与时空辉映交织，仿佛要倾尽所有，有质地地生活。

今日被人说活出了情怀，我尚且不知是否真是如此，但为此努力过，尽量不颓废。个性粗朴，痞雅不羁，但也隐有小情小意，柔暖而安静。十一月，有荒凉，有衰败，也有熙攘的声色。我不介意任何一个季节，以及这个季节所赋予的离散安常。都有些微的好，都值得说感谢。对世间的觉醒，倒不如对自己清醒，有时是这样。

阅读自己，然后以自己的方式生活，我觉得便好。旁人说再多，听听就好。坚守自我，是宝贵的品质。克制，妥协，顺从，会失去本意，寡淡无味。细细想来，来来往往里，归于诗意，抑或归于沧桑，总是有迹可循。获得诗意的必然要以诗意来安放，获得沧桑的自然归于沧桑。你是什么，便会获得什么。

男娃课间遇见我："老师，某某说不喜欢你了。""为什么？""你上课时收他书了。"哦，我记得那是本侦探小说，课上收了放在讲台。"你告诉他，可我仍然喜欢他。"男娃跑远，边跑边高声喊："他不见得会原谅你。"这倒是有趣，负气般的倔强，和解应该是分分钟的事啊。他不原谅我？哦，他不原谅我。

这一生，我应该还做过很多不被原谅的事，可我健忘，连同那些本该不原谅别人的事，如今却是早已烟消云散。蔓枝缠绕心的辛苦，未必要有处安放。不是别无他途，不是只有堵塞，停滞，起身前往，是更遥远，更广阔。

突然起意，说要开一家店，要有自己的味道，自己的气息。

总之，和理想里的一模一样。室内大片灰蓝暗调，墙角有粗陶瓦罐，顺插几枝芦苇，或一束成熟的麦穗，古旧古旧的，仿若可以穿越到那个乘马车穿大袄的年代，日日枯坐，日日缝制。渴了，沏一壶茶。累了，蒲团上斜卧。饿了，小米糕养活。日子禅禅有香意，在指尖，在日常，直到开成一朵莲花，落定圆满。

也是突然地起意，来写这些杂乱无章的字句。有人说，心静才能码字，可我相反，码字方可静心。至于别人能不能看懂，无妨，可谁又知道呢。

年纪越大，越懂得简单素净。

简　记

1.

安妮曾经说过，全世界的生活方式大概只有两种，要么深居简出，要么海角天涯。想，即便不是因为牙痛，我也会让自己的周末变得极其单调。无论怎样，我倒不曾觉得，一个喜欢蜗居的人就是索然无趣的。相反，一个人也可以不孤独、自然而合理地与自己相处。这其实是件特别幸福的事，只探索自己的真实，内心敞亮。

窗外的玫瑰开得恰好，躺在床上看黑白影片，一只黑色乌鸫赶来凑热闹。轻轻拉开窗帘，顿时春光无限。起身吃了药，牙痛暂时得到缓解。我一直属于闲不住的人，打扫清理，搬动器物，以保持室内通透，整洁。很长一段时间没有囤积好看的瓶瓶罐罐，知道有些买回也不会使用，年纪越大，越懂得简单素净。

2.

阳台有两株绣球，一株无尽夏，一株魔幻革命。去年秋天买回时已过了花期，紧接着就开始枯萎，她们说，冬天本应如此，一枯到底。果然，整个冬天我只看到它们蜷缩颓废，仿佛再也醒不过来。

也奇怪，惊蛰过后，根部便有了动静，渐渐开始舒展，叶片儿越发浓稠，顶端花蕾也纷纷打开。它们活得真是单纯，定期喝水，定期施肥，便会四季更替，春是春，夏是夏。有时盯着它们看，一看就是半晌，无思无想，不会想起要去做其他。我知道这是好的，心无旁骛，只沿自己的生活的轨道，或走，或停。

3.

用了玻璃小壶煮茶，明前绿。从前用陶壶，并不知会有这么淡雅清新的色泽，滚一开，续一开，直至芳香全无。喝茶其实没有什么固定模式，有时会喝得一丝不苟，有时也会潦潦草草。不过是份闲情，刻意了倒会失去本意。若没有什么迫切的事，静坐，泡上一壶，感觉是很纯粹的乐趣。

只是今日牙痛，再好的茶进嘴也是酸痛。你看，有时简单顺畅的日常，才是最最幸福的。任何一种意外损伤，都是对自己的警示。平常，有序，温暖，宁静，在当下每一刻发生和流过，我们却常会视而不见。而此刻，我捂着肿得不能再肿的腮帮子，怀念那些寻常的暖，寻常的净。

4.

很久没有练字，也很久没有画画，我明白这有些对自己不负责。曾经也是发过誓的，且给自己的书房布了案，买来宣纸，毛毡，又置了画架，画框。我确信太久不做的事，一定会滋生几份苔藓。人性总有弱点，不是特别喜欢的东西，浅尝辄止即可。我学了绘画，却钟情于文字，完全算是阴差阳错，大概也没有什么对与错。只是由此得到的命运，却是大相径庭了。

人只需要少而珍贵的东西，喜好如是，朋友也是。始终对庸常熙攘怀有敬畏之心，始终心有余而力不足。人际关系被动，热情甚少，知道那些大多不属自己。迎来送往，合心合意的，知道不会靠给予、附和、赞美、吹捧维系关系亲密。知道一切都来之不易。

5.

早不是多愁善感的阶段，亦没有多余的情绪。好好吃饭，好好上班，与自己达成共识，在这座小城扎根，生长。与很少的人聊到心里，听彼此牢骚抱怨，生活简单至极。

我的小城曾经也叫“海陵”，名字如此优美，不禁令人感怀。某种意义上说，当下速食时代，很多事物渐渐失去了美感、质感，开始衰败。好在家乡还有海陵中学、海陵公园，能够让人感知源远流长的历史风韵。

友人发来琼花的照片，团团簇簇的粉白，透过屏幕似乎也能嗅到强烈的香气，风一吹，就弥漫。花树下小歇，花树下闲聊，花树下晒晒太阳，应该都是愉快的。他说琼花难养，花期也短。很好啊，就爱这样的坚贞决绝，如同亲历一回坠落的过程，如同内心的信仰。

6.

文字在不同阶段，会有不同的味道。它是过去时，也是进行时，更是未来时。记录，思考，将生活的点滴归纳，慢慢成为自己的传记。

说到底，我不过是个愿意活在自己世界的人。

迹

活到今天，欢喜的事物越来越稀少，能够对它坚持爱着，我知道这不易。哪怕生命里寸草不生，有坚持，终究是好的。

有人分享过来一首单曲，不是我爱的那类，直白如嚼蜡，听着只剩风尘，自然少了共鸣。但我明白她的意思，此生要对爱抱有信任温暖，于人于己，不勉强，不辜负。可谁也不会在世间游刃有余，不去在意陷于窘迫与美好啊，这么说来，不勉强，不辜负，这两样都是难的。做人难免时有违心，就如自己，明明不爱那首曲，却要善意温婉，说真是好，至于怎么好，知道再难探究。人与人之间有时会很奇怪，疏离、亲近，就像长在风中的两棵树，纠纠缠缠，全由着风来，太多刻意就会别扭。

辗转路途，时光总是要旧的，那些风景，最终都成了记忆。我并不是有多悲观的人，只是再不愿像年轻时那样心意浩荡，怜人，亦自怜。好在生命的每一段，我都不是个爱倾诉爱倒苦之人。这实在像自己，知道世上的一拍即合，少之又少。大家都很难，人生又苦短，有些话，不必说，有些话，无须说，温润的热烈，需有澄澈的底色，努力自我调节，就对了。

雁过留声，风过无痕。自然不全是这样。很多斑驳的生长，最终都会以另一种形态呈现，或饱满，或清瘦。但无论怎样，我都更喜静默的嫣然。能够间或写一些蕃盛的字，记录风触枝，鸟嗅花的瞬间，于我来说，就是一种幸福。而更多时，我并不触碰它们，知道世间美好远不止一种，我们要做的事还有很多，比如闲散，比如奋进，统统落到实处着实都需时间，精力。我敬佩每一位持之以恒的人，不管在做什么，都能够做到极致完美，不言苦，不抱怨。至于那些中途的坎坷，仿佛从未都曾发生过。这是一种大的格局，达观，坚毅，果敢，我尚且要多多修炼。

其实也像大多数人一样，总是抱有对生活细节的揣摩与热忱，但杜绝故作姿态。生活简单，人就自然纯粹，千百年来，这一直都是真理，就像复出的音乐才子窦唯，就像画坛老顽童黄永玉，事事率性而为，不附庸风雅，活出了境界活出了性情。而他们本身，其实早已修成了真风雅，不显山，不露水。忽地想起前段时间有人加我微信的事儿，虽有些跑题，倒也值得一说。因对其不算陌生，便验证通过，此公却怕我“不识泰山”，随即发来一堆个人简介，无非就是这些那些能够证实身份“尊贵”的啥啥啥，上下两页之多，看得人眼花缭乱。呵，失敬。我一无官无职无名无流之辈，道不同，哪能与之为谋，自然直接拉黑。

说到底，我不过是个愿意活在自己世界的人，每天喝很多茶，看若干植物生长衰落，收集大大小小的器皿，偶尔会自恋……竭尽一生，能守一屋冷暖，就好。好了，就是这样，所有记录，只关乎内心，一瞬，或恒久，都是为了有迹可循。

无论安静，还是动荡，一定要是自己甘愿，义无反顾。

一朵花，叫自己

今日将自己闲置，在小小的阳台布景。

我给自己设了个小茶台，人可以坐在地上，然后四十五度抬头仰望，看窗外流动的云，还有浅浅淡淡的阳光正好洒在身上，一切惬意的不行。

我很久没有如此肆意，只是闲坐，听那些爱着的民谣，爱着的戏曲，然后在懒人椅上摇啊摇，晃啊晃。时光是闲着的时光，人是闲着的人。我什么都不做，倾尽宁静，倾尽时光，清清淡淡泡一壶茶，喝几杯咖啡。

在喧嚣的世间行走，一定要有这样的时光，一定要有。

假装在一个寻常的街巷，穿葛布棉衫，端坐一个简约暗旧的茶坊，等余晖散尽，等月光四起。如果远处再传来幽幽琴声，空气里再弥漫着泥土气味的清风，那就再好不过了。

就如现在也好。

隔壁楼上人家养着一些家鸽，每天进进出出很是欢腾。我坐在这里恰好可以窥见它们所有的亲昵与缠绵，没人发现我眼里流露出的一抹欢喜。我给它们拍照，它们有些站在屋檐，有些掠过天空。

无意翻出一块棉布，搁在抽屉里，却不知已搁置寂然了多久。

土布蓝，上面有喜鹊，有牡丹，旧得如同隔了好几个年代。抖落开，那些经年的尘，瞬间让一种久远的味道扑面而来。我并不记取我是如何拥有它们，但就像所有归为自己的心头好，都是一份欢喜。那些牡丹，一朵一朵蓬勃绽开，那些喜鹊，或在枝头停歇，或在花间起舞，有俗世烟火的清荡，仿佛是一片有着辽阔记忆的岁月图景。

我将它捋平，做了茶台衬景，粗陶器皿搁上，又散了些艳色水果。又残败，又妖娆，是我要的味道，有散去浮华又或者浮华未尽又或者历尽沧桑的风韵，具体说不上什么，只是看着尽是喜欢，和播放着的《梨园记》完全应了景。

所有的情意，都是这般自在、自喜、自恋。

突然就有了些旧旧的心事，谁说过这些，又说过那些。所有的日子都旧了，却依然能够自欢，且在这自欢的清寂里，说一些你们能够听懂的清清梵语。

写字的时候，音乐要有，咖啡要有，鲜花可有可无，绿植要有……做尽一切准备，氛围到了，落下的文字仿佛才有味道。

可我不爱时时写，有时仿佛与它隔着一条无法横渡的河，只远观，然后做着自己喜欢的事。

比如，找一处盘腿坐，抱着凯瑞给它讲很多很多故事，它未必能听懂，但极力靠近的样子让人心生怜惜。比如，在任意一个无所事事的午后，给那些缺水的植物剪剪枝、浇浇水，将它们搬至阳光通风处，感觉时光深浓静暖。

其实，在安静中度过的日子都是美的，有烟一般的慵懒，你不必刻意做什么。至于文字，它不是全部。我们在遇见的时候就一定会遇见，一起欢喜，尽情撒撒欢儿。此后，我们各有远方，各有清欢，然后，再用整个冬天的萧瑟邂逅一壁春光，多么好。

这些世事的烟尘，要怎样才能开出芬芳的花朵，一季一季的不同。

而我知道，草必枯干，花必凋谢，无论怎样的不甘都只能听凭这千转百回深深浅浅浓浓烈烈地百般消磨。

所以，要留给自己足够多的时光去做甘愿做着的事。记得时常问自己，现在所做的，真有几分甘愿几分欢喜？多多倾听自己，多多以欢喜的时光清还欢喜，合自己的意去生活。

你可以和别人不一样。

无论安静，还是动荡，一定要是自己甘愿，义无反顾。途中会发生什么，无法知晓，但自己会更加接近自己，越来越纯真，越来越美好。

就是这样了，一路颠沛流离，只陈列一朵花开的姿态，而那朵花，叫自己。

如若要真的展望未来，倒不如眼前活得坦荡自然，爱，也被爱。

以欢喜，以平常

临近过年，一直在恍惚，家中也没有置办任何年货，就像所有平凡又平淡的日子，不受世间标准左右，感觉与人隔离，与世隔离。婆家这边人情冷清，不喜热闹，不享天伦，如今疏离得渐渐陌生。认清自己的处境，即便心里萧瑟落寞，也都能够坦然承受。年复一年，早获得对自己和他人的释然。

人一旦精神内在独立自省，其实怎样的生活都会通向光明。有些深切的感触，需要对等的人才能承当。所以你会发现，当灵魂逐渐老去，你并没有太多的话可讲。而转身看待过去，发现它们都是一种规律的存在，太阳、云朵、秋去、冬来……以及，动荡，起伏。

这一年过得日常，可是美好不就是这样子的吗？每天步行上下班，通常会在通扬河畔那条鹅卵石路上来来回回。那是一条有故事的路途，每天都看得到生活的隐在魅力。无论是院前的蜡梅，路边晒着的棉被，还是窗台一盆粗粗刺刺的仙人掌，无不在跟自己说，人间忧欢，都在眼前，珍惜，珍重。而脚边偶尔有猫狗经过，停滞，彼此打量，有时对峙，有时靠近，最终各奔东西。人也是。这一路碰见的那些人，相识的，不识的，统统在擦肩后远去。生命中静默的相遇，都知晓，留下的留下，忘掉的忘掉。

当然也是做了些有点意义的事。对生命而言，有意义与无意义往往来源于自身，我是我的，你是你的。宅的人，做着静的事，是心里的自然流出。在小九的鼓励下，整理了所有的稿件给出版社。并非首次，却有首次的忐忑，知道那些字全无章法，有重复的情绪，以及一些辗转迂回。编辑老师宽厚纯良，不抨不击，始终保持一种接纳。当一切慢慢存在的时候，也就不那么在意后来如何发展，该开花时就开花，该结果时便结果。感恩，感谢。

这一年，见到美的东西，古的东西，朴的东西，依旧会激动，会感动，就像心中永远住着稚气的孩童般，压制不住，掩藏不住，需要第一时间与人分享。买了很多器皿，大的，小的，周正的，怪异的。以孩童之心邂逅生命中的一次一次的小确幸，感觉心净。想，未来的年月，也就这样了，对人，对物，对事，保持单纯，挑喜的来。

如若要真的展望未来，倒不如眼前活得坦荡自然，爱，也被爱。至于是不是又徒增了一岁的事，就不要去想它了。有些人，永远停留在十八岁，后来再没增过。有些人，早早进入耄耋，活成了老文物。生命的格局完全可以自行选择，你想自己是什么样，自然就会什么样。年龄，不过是一串虚幻的数字，不记也罢。

常问人重复的问题，说最后一次回答你。然后，再问，再答。知道不会真厌烦，特别真实笃定。以赤子之心温柔相待，平和，丰盛，不遗憾。

这一年，还保持着睡前咖啡的陋习，半份奶精半袋糖，恰好没那么苦，也丝毫没甜味。很奇怪从未因此而失眠，就像喝下的仅是一杯白开水。所以哪有什么应当不应当，你得相信自己的亲力亲为，它是最切合自己的真相，更是一种真实体验。有时也允许敬畏一下自己。你是你自己，才会愈加美好。

以欢喜，以平常步入新的一年，没有大的愿望。反正我们都还会活很久很久。反正，这世间从不缺良善、珍爱与果敢。反正，你还是你，我还是我，我们，一直是我们。

一些字落在纸上，温顺而辽阔。什么都没有尽头，字也一样。

春光不可辜负

三月第一天，关掉地暖，夜里却刮起一场妖风。凉意自不必说，推开的窗台陡然无法抵挡室外激烈。回来时，地面积有薄薄一层尘灰，且有七零八落的树叶，鸟羽，以及小区二期工程那边堆放的一些杂物碎片。我住六楼，可见，风是不柔和的，和三月该有的特质背道而驰。

远方的朋友问我，梅花开了没有。他说，看到电视了，说江南真好，繁花似锦，春光日艳。他说，他那边什么都没，萧瑟一片。因了距离，南北到底是有些不同的，只是风景各异，美得其所，不能妄自蜚言好与不好。

其实，三月再随性不过，天气说变就变，昨日还是艳阳高照，今天醒来，指不定就是满城小雨，失恋般的惆怅，没完没了。

我最近爱步行上班，三十五分钟的路途，说远不远，说近不近。每次挑着不同的道走，倒也日日新奇。有时沿河，那是条鹅卵石路，老人多用来健身，走在上面很是硌脚。其实也有平坦处，只是偏不，深一脚浅一脚，像极了叛逆少年。有时穿街走巷。比起沿河的寂静，实在过于暄腾鼎沸，到处是开着很大声的音乐，比着叫嚣，辨不清各自到底在唱些啥。又有车辆，人群，和那么拥挤的街道。汽笛声，叫卖声混杂在一起，让人一刻也不想停留，只有仓促逃离的份儿。

也有能够逗留的地儿，梅林，樱花林。因为极小，并无命名。只是我每每经过，如同意外重逢，一下就安静了。拍几张藏在手机里，粉红，玫红……姹紫嫣红，层层叠叠地压住枝头。偶尔打开看一眼，觉得春天真的来了。三月，开始有点可爱。

所有的绿植都在一点一点蜕变，它们比我更能感知春天的召唤，蓬勃得显山露水。对于它们，向来不敢懈怠，该通风通风，该日照日照，有些喜温喜湿的，每天还要搬至阳光处，顺带浇浇水。我清楚自己的心之所向，深知我与它们可以彼此了解。这种幸福感，怕是别人不能理解。

一直以为，万物有灵。无论植物，还是动物，都怀有生命承载的种种迹象，它们有喜有悲，会遇见，会失去。冥冥之中的缘分与人一样，妙不可言，所以也是要且行且惜的。你要悉心照料它们，像照顾自己的孩子那样。很多时候，相遇和错过只在一个细微的瞬间，因为疏忽，因为懒散，因为各种自以为是的牵强理由。那些不够周到，说起来轻描淡写，风轻云淡，实则是罪过啊罪过。

天长日久，它们不言不语，逐渐静成一堆专属自己的小时光。所以，无法走远，只日日停留浪迹在这座小城，以离散烟火的日子来慰藉一种饥渴。无所谓远方，无所谓诗意，一心贪恋这慵懒的欢，甘愿禁锢。

窗外依旧熙攘，室内却安详。读几本书，看花朵凋零，飘落，平淡藏身。生性与人疏离，便觉这样也好。对于喜欢的，永远是这样，不知疲倦，直至力竭。

一些字落在纸上，温顺而辽阔。什么都没有尽头，字也一样。编辑发来短信，说下期刊用一篇文字，只是其中有些字句不明，要问个妥当。我自知写字过于随性，尽了意的散。随着心性所为，甚是不羁。喜欢一种雅致的粗野，雅致到极致，又粗野到极致，就成了自己的风格。至于他人喜与不喜，并不探寻。

还想说的是，此季实在适合读几本闲书，寻常的日子寻常读，适合自己就好，不必过于深刻。时常也有人问及我在读什么，着实羞于袒露。我不好意思告诉你我有看一些绘本，安东尼的《我爸爸》、大卫的《不可以》。从孩子的视角去读成人的爱与隐晦，世界相对来说纯粹很多。所有的作者均不是范本，你要知晓自己，再去汲取养分。

春光不可辜负，好书要读。这些，也许无法给你带来什么，但是，你想要的，一定都可以在文字里找到。这样的日子，哪怕居家，也能屡屡经受心灵的涤荡，染一身清雅，活成姿态，无尘、无哀、无愁。

时光，永远是这样，破败，又美好。我们都做过什么，遇见过什么，还是都一起走到了新的一年。

一岁一荣

搁在家里，读那些买了许久未曾翻开的书，听一些杂乱无序的音乐，再紧紧拉上窗帘，隔绝人和事。仿佛做什么都不为过，肆意得放空一切，只在这狭隘逼仄的空间里留下自己。所有的光阴，不声不响。生活，便有了生活的模样。

新买的衣服搭在沙发上，是那种粗布老棉袄，藏青色，穿在身上，有些清寡，有些粗糙，也有些岁月流逝的快意。又老去一岁，而倾城的时光，还是没来。其实早已对它无动于衷，偶尔会坐在地板上回忆一些过往，不过当作回眸，无流连之意，内心安定。

H 姑娘说，若看到深处，其实都是一样，时间，都是用来浪费的。好像是这样的，就如一个人在厨房里，做那些色泽浓艳的蔬菜，熬制虾仁青菜小粥，时间就一分分过去，妥妥当当，尽是酣意。这样的浪费，未尝没有欢喜。

在这光阴的闲暇里，开始一种质朴的旧式生活。每日着布衫，焚香书写，一心一意，度着世事，仿佛只有单独存在才能更好地靠近自己。其实这没有对错，一个人的狂欢里，也会融入全部的热爱，去活得风生水起。

越来越恋旧物。老吴曾送我一块木雕扇面，上好的沉香，雕刻成一段故事，重重叠叠的叶间繁花盛开，两只仙鹤立于花间缱绻缠绵，那么静好，如意，仿佛遗落世外的美好。我端详了又端详，想象它们的开始，它们的结局，大概有点老套，但仍旧令人神往。行走往来，我们有时过于匆匆，远不如它们灵性、忠贞、温暖。

有时觉得不必如此记录，那些琐碎，那些稍不留意就会忘却的小细节。有时却又觉得该处处珍重在意，生怕有一日再忆不起所有的茏葱，所有的蓬勃，所有的感动，以及所有的悲喜交加。其实，记与不记，都在一点点放下激烈，对未知光阴里的美好抵过对现世的厌倦，极力通透快乐。

偶尔，也会倒上墨，写几句花好月圆之类的。字歪歪斜斜，见不得人，但还是玩得酣畅，闻着墨香，看字迹慢慢渗透，每一笔都是一次不经意的邂逅，有时惊艳、有时颓败，不刻意。我练颜体，不如柳体清瘦，我却喜欢它的敦厚实诚，憨憨的，不带丝毫矫揉造作，反正就那样，你爱，或不爱，我岿然不倒。

但码字久了，会很快忘记了自己原本是学美术的。有些心疼，明白有些东西在不经意之间就被荒芜了。说不上是谁放弃了谁，只是知道唯有真正喜欢了什么，才会拥有沉醉，才会日日以沉醉来告别另一些东西。

也未必就是遗憾。曾经写过一篇《庆幸，都会那么一点》，我说，它们各自有各自的好，如能相互贯通，互补融合，一定会各有所得。而今，我依然坚信不疑，无论我们擅长什么，不过是追求的一种情怀，可抬眼见光，以俗世烟火为背景映照内心的一袭清雅。

听《爱呀》，不熟悉的歌手，不熟悉的曲风，却一听钟情。大概算是小众，也大概是自己一贯怀旧，只听那些陈旧的，有年代感的，和自己契合的。某个瞬间，我觉得自己应该推开窗，去和外面微凉的风、摇曳的树影、林立的广厦好好来个呼应。

其实，这样的欢喜并不常有，都是缘分的事。有缘的，才会随缘而来。无缘的，即便这般那般招人眼目，也泛不起半点儿涟漪啊。谁又能想到，今晚我循环播放一首歌，直到我自己也数不清是几遍。对啊，就是爱啊，如同她唱：我们都有需要，断了习惯。

谁又在乎，你曾经喜不喜欢。时光，永远是这样，破败，又美好。我们都做过什么，遇见过什么，还是都一起走到了新的一年。我确信所有人都和我一样会唏嘘，会感叹，会失落，会憧憬，会彷徨……可是有什么关系，我们即使过着迥异的生活，但光阴一样垂青。可是，有人会一岁一枯，而有人则会一岁一荣，你信不？我信。

生命就是一场惊喜，让人不断看到希望。

红尘缱绻

不惑之年，是大多女人不愿提及的现实。不那么老，亦不再年轻。偶尔会悲观，无论怎样的美颜神器，再不会拍出什么如花似玉来。年龄，究竟是一笔财富，还是令人纠结的数字，实在微妙得很。

时光，紊乱而破碎地流逝。一直都明白，自己对庸碌的抗拒，为此且做出种种努力。可尘世纷繁，湮没人群，途经四季，遇各种人看各种景，要活得丰盛，亦活得独一无二，却是需要历练的。四十几年，即将过去的四十几年，收获了哪些，又遗失了哪些？如果说，生命的最初是一张白纸，那么，而今上面都涂鸦了怎样的字迹与色彩？那些行走的笔迹里，又有多少细碎丁当作响的声音是为流走的岁月谱曲？快乐的、幸福的、烦闷的、狂躁的。

那年生日，老吴从几十里地赶来，除了送些地里长的各种蔬菜，临走，又硬塞了个大大的红包，像小时候塞给压岁钱那样，崭新的红包，崭新的钞票。他说，拿去买点自己想买的……真是幸福，老大不小的人，依然有父母疼，有父母宠。真是喜欢这样做小孩的感觉，所以，父母一定要长寿。如果说只允许许一个心愿，并得以实现，我想便是这样的了。深情至不可说，他会懂的吧。

不愿长大，也就不愿做着与年龄相符的事，说着与年龄相符的话。其实这样挺好，趁尚未学会市侩之前，痛痛快快地率性而为。喜欢的人，放低身段说话。讨厌的人，执意视而不见。我庆幸自己能够在很多年间保持寂静，友情归友情，爱情归爱情。

我知道，自己所有的感动都是真实的，它们来自身边，我看得见的，和看不见的。除了最亲近的人，极少展现自己不妥的一面，尽量温柔，尽量安静。缘分朝生暮死脆弱如露，唯有与那些可以在彼此面前肆意非为的人，才可说永远。比如父母，比如闺蜜，比如，你。

记忆林立，心里有日光。曾经以为过不去的，都过去了，曾经以为不能来的，也都来了。生命就是一场惊喜，让人不断看到希望。七堇年说过，希望值得等待，而失望值得经历。与其苟同，不如说，人生本就如此，因为经历过，所以学会了等待。当某一天，希望里的样子风尘仆仆赶来时，你才惊觉，所有所有的不好，不过是为了铺垫。

照着时光的镜子，看到曾经稚嫩的自己，也看到今天日趋平缓的自己。无论哪一个，都写满真实。如若需要感谢，倒不能三言两语地敷衍。想说的很多，最终却以沉默告终。

执笔至此，眼角余光扫到那枚牛骨挂件，东巴文刻着我的名字，生动趣味。想，当初是什么样的艺人在街头一丝不苟地雕刻着它，而送我的人，又是怎样一边在电话里征求我的意见一边满怀期待地街边等候。我无数次在脑海里拼凑那样一幅画面，感觉温暖。简简单单的快乐，是生活里的不可缺失。有人惦念，是幸福所在。

没有人可以预测未来，但可以珍惜当下。我看到不计其数的人这样写过类似的字句。珍惜其实是个严谨慎重的话题，适合两个人的时候四目相对，无所语，无所不语。回想起来，却不过又都是些平平淡淡、自自然然的事。

十多年前，写三十，说那是个分水岭。人到四十，方知那时年少，写是写了，并无顿悟。我们无法不输给时间，当一切挣扎变得徒劳，才会坦然接受命运。四十，开始相信宿命，开始相信轮回，也开始相信真正的永恒。

我并不知读这些字，你是否有一刹那的惊悸，觉得时间如飞驰的列车，只顾呼啸着朝前。而我们，多像两边的风景，稍不留神，就被遗落。显然，我是有些不甘的，咬着牙奔跑，直到偶尔不慎撞上一棵记忆的树。

人生遗憾，十之八九。好在春天已到，心也明暖。

岁月如故心如初

每日躺下时，思维最为活跃。不止一次验证了这点。那些鲜活的字句，蜂拥而出，组成一幅锦绣山河，在心底奔流。很多次想一跃而起，抵住黑夜，抵住遗忘。每每却只是默念，再说吧，再说。就像所有的梦，醒来便会了无踪影。灵感也一样。

又岂止是灵感，世间的哪一种感觉莫不是如此，稍稍迟疑，失却了时机，便只有望洋兴叹。西风多少恨，吹不散眉弯。我们懊恼、焦躁，却也只能看着它一点点远走。人生遗憾，十之八九。好在春天已到，心也明暖，焚一炷香，吟诵最初的感动，安享春华秋实。那些小幸福，小快乐，原来没有失却一丝一毫。

关于幸福，关于快乐。纤说，静坐流年，春暖花开。这是个可以将日子过得活色生香的女子，可以自己一个人安置家居，可以八天才画一张水彩，善做美食，喜欢旅游，精通茶道。遇到节假日，便呼朋唤友，三四个女人，聚集她家，喝茶，聊天，晒太阳。闲散的日子，满满当当。永远洁净无尘的家，永远对生活无比热爱的她。于她，幸福，就成了很自然的事。

而我，也是幸福的，尽管，有很多的不一样。我从来说不上具体幸福的事，这也许很难。幸福是感觉，无可言说。但凡接了地气儿，可以触摸时，所有的感觉也就跟着着了地。一个人在家，音乐开得很大声，凯瑞做伴，方便面当餐，也是可以幸福的。从未忘记那个最初的自己，是怎样步履蹒跚穿过夜空，而后，寻得洞天。

刺说，我定要陪你行走丽江。然后强调一句，和对的人同行才是幸福啊。其实，我知道她已去过，几年前。不过是为了陪我，却要加上后一句。两个女人，在微信上计划了很多，说要带上两架单反，狠狠地互拍很多很多的照片，还要在当地买鲜艳的长裙，风情多姿，像真正的丽江女子那样，然后，然后还要邂逅一段艳遇，帅到极致的那种。知道胡扯了，大笑。

这样的行程，只想想，就已觉圆满。刺是个直率大气的女子，小我一岁，做了我儿子二十二年的干妈。用她的话，凭我们的交情，就会在彼此的世界横行一辈子。呵，真是霸道。一辈子，说远即远，说近也近，无常人生，敢说永远，没有铁定的情分，何以启齿。遇见这样的她，本身就已很幸福。

养活了整个冬季的绿萝，却在春暖花开的今天开始枯萎，无论我使用如何多的办法，都无法阻止它的离去。轻轻丢弃，心中默哀三分钟，而后换上路边捡来的枝条，竟也有了春意。沮丧的心，很快复原。我想，我真是有几分薄凉的人，念旧，也喜新。

枝条是冬青树的枝条，被人砍伐扔在拆迁房屋下面的花圃里，成堆成堆地横卧。我独爱这枝，一眼相中，如获至宝。回来洗净，插进原先绿萝的玻璃花瓶，居然天衣无缝。是怎样的造化，让我们没有擦肩，且一见倾心。它懂我，一定是这样。否则，在一周两周之后，为何还能挺拔如初。谁又能相信，冬青居然可以水培。

买了钢笔，准备写日记。忽而被自己吓到。不说工程巨大，需要不寻常的耐心，但说那蹩脚的行楷，已让自己心生怯意。唐歌说过，我是个最典型的完美主义者和最独立自我的享乐主义者，他连用了两个“最”，未免过于犀利，却又如此精准，暗自莞尔。我是这样的吧，小洁癖，容不下半点瑕疵。生活是，非生活也是。

手写的念头搁浅，依旧在键盘上指尖飞舞，码出的字方方正正，少了些许温度。纤说，我们都是挑剔的人，挑剔自己，也挑剔别人。可是为什么不呢？随心，但不随便。随性，但不随波逐流。当执着某事时，我们或许比常人更能持久。也许某天开始，我会打开笔记本，在扉页上认认真真写下：一开始，一辈子……

凌乱的章节，不过是春天里的小插曲。有人在微博上写，又是樱花盛开的时节。那么，时间可真是如梭。雨夜说，他已经买了去日本的机票，只为樱花。我回，羡慕啊，嫉妒啊，恨！其实，更想说，若能不错过，还是别错过，如果可以，我也会启程啊。

第四辑

相遇是缘

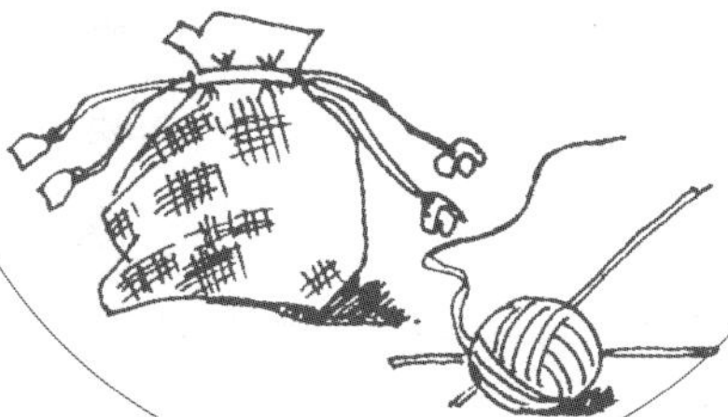

生活里，有很多转瞬即逝，像在车站的告别，刚刚还相互拥抱，转眼就各自天涯。很多时候，你不懂，我也不懂。就这样，走着走着就散了，想着想着就算了。

或许，就是这样不动声色、淡然若水的女子才会站在时光的边缘，与时光对饮，直到岁月忘记留下烙印。

琴人赵琳

犹记去年九月去她家，小院小落，石凳石臼散落，一棵石榴满枝硕果，青红参半。脑海里当即涌出雪小禅的这句来：无尽禅意，一枝入心。真是好。

我与她此前素未谋面，只是听说她有些古意，终日与琴为伴，算得上琴痴。但真正见到她本人，还是战栗了下。一身青黛旗袍，清瘦淡雅，美，美得平静，仿佛自带仙气，又有些晋人气息。若走在人群，辨识度定会超高，这么想来，实在忍不住多看了几眼。

她领我入室，我们直接穿过小小的阳光廊台，大概有着美术人天生的视觉敏感度，刚踏进，地上一块大型异形石瞬间吸引了我。怎么说呢，艺术终究是相通的。只是闲看，也极易嗅出同类的味道。我们像是认识了多年，没有过多寒暄，便随意入了座。她的室内布置别致，看得出她对器皿的钟爱，且有着不俗的追求。是谁说过，一个人对器物的率真就是一个人的心性。她的茶台，她的琴架，她墙角傲然凛冽的绿植，俨然都是一个琴人该有的气质。

她先给我弹了一曲《平沙落雁》，时而温润绵密，时而飒飒铿锵，所谓琴人合一大概就是如此。我听得浑身松软，且欲罢不能。屋子里，除了琴声，再无其他。都说琴棋书画琴为首，果真有它的道理。好长一段时间，我都忘了此行目的，仿佛过来就是为了听这一曲。她见我喜欢，说："来，教你几个古琴动作。"我岂敢乱动，姿态僵硬，手指完全不听指挥。她耐心一一讲解，并教我如何识看琴谱。到底还是学会了弹几个音，摆几个古琴动作，暗自兴奋，不知该如何表达。窗外树影烁烁，屋内琴声幽幽，好得不能再好。后来她说，现代人弹琴浮躁，往往刚学会一两个曲子，便嚷嚷会弹古琴了，而有些人学琴仅是为了附庸风雅，并非真正喜欢。我连连称是，却有些庆幸自己刚刚没有失态，没有得意忘形。

我们随意聊，她给我泡红茶，拙朴的杯盏，和她一样有着某种气场。她说她的故事与我，散淡得，就像在说别人。很多人并不知她原本有着令人艳羡的工作，在一家银行上班，朝九晚五，舒适而规律。直到四十岁那年，无意间听到这曲《平沙落雁》，惊为天籁。她说她不知世上还有这么好听的音，好听的曲，当时，甚至不知这就是古琴，但她突然觉醒，颇有些相见恨晚。她说，真正喜欢一样事物，无论早晚，都会命中注定彼此相遇。她决定辞去工作，一心追着琴声去。

一次偶然的机会，她认识了现在的师兄，也是梅庵派的第四代传人。经过师兄的引荐，以及一番波折，她开始师承梅庵派，成为为数不多的入室弟子。传闻，梅庵派的琴曲指下滑音最富，风格迥异寻常，演奏手法有很多大胆的创新，奔放洒脱，感染力极强。当然，琴家仍可各自弹出与众不同的风格，自成特征。我虽不是很懂这些，但她弹，我还是能够听出生动，听出绮丽，也许，这是属于她的个性，属于她对古琴的理解与诠释。当然，应该远不止这些，只因我对古琴的认识浅薄，不能更好地描述琴的好，她的好。

好在我们都是感性的，喝茶，抚琴，听她讲故事，并无隔阂与生疏。都宅，都喜清静，也都抱有几分天真气，所以，当谈话越发契合时，她说，我们有点像姐妹，性情太相像。谁说不是，沉下一颗心，只过自己喜欢的生活，这样的相似并不常有，所以尤为惺惺相惜。她说感谢先生的多年呵护，能够让她如此任性着来，她称他为“亲爱的”，脸上显有少女般的羞涩，而我一旁看着听着都是温热、美好。

如今，她奔波在海安与南京江宁两地讲学授课，她的学生也已遍布全国，上至古稀，下至幼年，大多都是慕名而来，而她，一直坚持“一对一”的授课模式。也有培训机构聘请她去讲大课，但都被她一一婉拒。她说，古琴是她的生命，但不完全是她赖以生存的手艺，琴人须有琴心，每张琴，每首曲都有生命在，人和人，人和琴，都有着人世间的贞亲，用心不用心，自己看得见。那些误人子弟的事，还是不做的好。你看，以内心的明净抵抗世俗的粗糙，地阔天高，我自孤洁，你赏与不赏，皆无所谓。

虽在琴界早已小有名气，但因为人低调，不显山不露水，这让很多身边人不知高人在此。她说起一则笑话：邻居每日见她招呼，终不知她是谁，在做啥，直到有天想学古琴在网上搜索名师，才得知，这日日相见的温婉女子就是网上相传、鼎鼎有名的梅庵派第四代传人赵琳。或许，就是这样不动声色、淡然若水的女子才会站在时光的边缘，与时光对饮，直到岁月忘记留下烙印。当她说出自己年龄时，我真是惊讶得说不出话来，开始相信，岁月只宽厚那些内心丰盈，充满美意且有味的人，就像一枝素莲，无尽禅意，入心入肺。

一下午，实在意犹未尽，暮色渐拢，终要回归。送我出门时，她站在小院的石榴树下对我浅浅地笑，纯粹得像个孩子，没有任何化妆的脸又素又生动。经过院里那些杂草，我问是不是可以拔了？她说不，就由着它们自由地生长吧，它们也应享有天地光阴的雨露恩泽不是。突然觉得，这才是骨子里的特别，活到了极致的特别。只遵循内心，修成自己的神。就像古琴，本质朴素，但能够奏出大自然最不朽的音响，这是真味。

回来后，我买了《琴道》与《秋籁居琴话》，全面了解琴学，琴史，又下载了《广陵散》《渔樵问答》《空花梵行》《绿绮琴歌》……尽管没有绝对的痴心，但因她，我开始慢慢爱上了古琴。就如她微信上发的：我有一张琴，足以慰风尘。突然就理解了，仿佛找到一条可以安顿自己的渠道，心安即适。而如果她知这些，我猜想，她是开心的。同时，我也希望下次见面，她会对我说：娴静一隅，只候知音，来，我给你弹一曲。

有人风雅是附庸风雅，有人风雅是自然风雅，他始终是后者，有真性情流露，就像在遥远的山色里，始终端坐如莲。

吾友剑锋

我曾在文章《风雅》里提及他，说我有一友，写一手好字，又弹一手好琴，喜收藏，善随笔，是我心中的风雅之士。他执意不让我这么写，说写字是喜欢，弹琴是爱好，沾不上“好”字。有人风雅是附庸风雅，有人风雅是自然风雅，他始终是后者，有真性情流露，就像在遥远的山色里，始终端坐如莲。

他的工作室刚建时，我们吵着要去，因为知道，一定是他自己的味道，就像他的字，流畅、写意，所以，感觉让人期待。但他是静的，只藏在自己的墨迹里，与世无争，不关风月。所以，说，也就说说，并无践行。直到某天又在朋友圈里看到关于他的喜讯，说他的草书在一万多名作者中脱颖而出，入选全国第二届书法临帖作品展，我才发现，他自己一直没在圈里转发。而他在2016年8月江苏书法双年展中成为全省五名获奖者之一，也是草书字体唯一的获奖者，我同样通过旁人才得知。10月，《小品文抄》于“五个一工程奖”入展。这所有，他向来不动声色，仿佛与己无关，谁说起，总是一笑而过，清清静静，只在自己的天地，自在，自欢。

他生活在小镇，爱收藏，尤喜石雕，我曾在他家中见过一些，东汉，西周……也有现代名家作品，它们各自有味，各有典故，而说起它们时，他有说不尽的话题，仿佛握在手上的是超越时光的琴瑟，氤氲着淡淡旧旧的美，有些斑驳，有些绚烂。而这样的时候，真无所谓欢喜、哀愁，无所谓繁华，落寞了。你只需要倾听，静静的就好。

他的工作室在校内，接待了外地与本土一拨又一拨的人群。据说，都是前来参观学习的。我们去时是在黄昏，夕阳照在拐角处，拉得人影细长细长。进门有廊，廊间有窗格，格上置放些小绿植，墙角有石臼、农具，这让我似乎有些明白了墙上悬挂的木牌上两字——“耕读”的含义：啸歌弃城市，归来事耕织。他是在杜绝喧腾、享受这份静逸啊。拐角进去有茶桌、写字台，它们相隔又相通，看似两间，实则仅是区域之分。写字台硕大，足以创作巨幅。而一旁的案几上，是整套“中国石窟雕塑全集”和鲁迅的雕像。我没问他，一个美术人为何不放点莫奈、梵·高、毕加索，而要选放这样的文学巨匠，革命先行者。不问，知道他有他的理由。

沿着灰色的墙体走，到处是石雕，均为他的多年收藏。仿佛嗅到空气中有细微的尘从上而下地轻轻坠落，堆成一堆老时光。我们，都成了时光里的旧人，穿越在各个朝代。他说他每天都会在这里写上几幅，这早已成了生活的一部分。显然，这是他的秉性，勤奋，脚踏实地，不贪图荣耀，不急功近利，所有的努力，都是他厚积薄发的前奏。

这间隐匿在校园深处的工作室，对于喜一身布衣的他来说，无疑就是平淡藏身、积蓄能量的好地方，在这里的每一天，应该都是朴素清澈的。时光挪移，初心不忘，我知道，这些，都是属于他的。

他有种与众不同的格局，那格局里，有粗犷，有细腻，有情义，有胸怀。

设计师罗町子

五月的天，开始有些灼热。约好了去他工作室坐坐，他说，我得收拾下。印象里，但凡搞设计的男人多半不拘小节，随意到了一定份上，反倒独特起来。所以他说收拾，我反倒意外。虽未曾有过对面交流的机会，但对他并不陌生，这种不陌生感也仅来源于朋友圈，来源于他三天两头的小发布。有时会是一段诙谐的文字，写他的生活，写他的遇见。有时是些日常影像，老家的窗台，工作时的设计稿，以及他那间工作室。总而言之，他有种与众不同的格局，那格局里，有粗犷，有细腻，有情义，有胸怀。

他的新工作室正在装修，临时工作室租于中大街一小区，需穿过繁华街市，再拐过几个小弯。真正的闹中取静，自成山居，有种奇异的遗世独立之感。雪小禅写过：一个人的心里山山水水越多，越是对一草一木动情。在推开那扇门时，自然而然就想起这句。在他室内的地上，花架上，置物架上，菖蒲随处可见。我也喜欢这些，平日还算留意，但真没见过有谁玩它玩到如此境界，虎须菖、金钱菖、黄金姬菖……一堆堆，一排排。他说起花草如同说起自己的孩子，他说，原先有盆海棠被“蜘蛛人”不小心打碎偷偷丢了，好多天后从垃圾堆中寻回，居然又活了过来，他说他以后无论走到哪都要带着，他说的时候尤其性情。

在他沏茶时，我的目光大抵在室内扫了个遍。工作室不大，却处处透着非常浓厚的艺术情怀，墙角有立地粗陶高罐，里面插满枯枝莲蓬，或疏或密，看似凌乱，着实有味。墙上挂着的是当地名家的作品，书法、国画、篆刻，多以小品形式呈现。墙边有铁艺木架，各式摆件琳琅满目，有粗犷，有唯美。据说，还有他亲手绘制的，比如那只“驴行图”的茶盏，白色汝窑，着蓝色，再洒有星点绛红，让人爱不释手。整个空间既朴素低调又极富情调，我看得发呆。

我们边喝茶边聊，他说起最近的川藏行，说你一定要去下林芝，看看十里桃林，那才是真正的世外桃源，美得不可方物。随即，他又点燃一根烟，说途中各种惊险遭遇，说完仍旧意犹未尽，形象的描述让我们有若身临其境。有一搭没一搭里，见他案上有手稿，厚厚一叠，随手取来看，只见上面图文并茂，有摘抄，有随感，有设计初稿，也有些什么都不是，只是单纯的符号而已。他说他有每天记录的习惯，这样的形式记载已经持续二十年，若编成册子，怕也有几十册。而他每每出去行走，总会随身带一小本，一旦有感而发，立马掏出记下。

他一直强调随性，这种随性也渗入了作品。他写的《如林》刚刚见报，原汁原味的乡野气息，不矫情，不做作，他写得酣畅，我们读得淋漓。当然，他更是个好的设计师，他的设计如同他的性格，有些豪气，自然，又不失灵性与个性，颇有几分小资，那是自身艺术修养的提炼，早已独树一帜。

生长于野，安于世间，在属于自己的一方天地做着清凉空寂的追逐，是什么样的追逐，并不在意。尽情粗野好了，尽情雅致好了，合着自己的心意。

他喜欢在深夜创作，当窗外万籁俱静，窗内的自己仿佛更能与灵魂接近，一个人的狂欢，心中却似万马策腾。

剧作家万川

万川首先是个很有趣的人，然后才是诗人，剧作家。这种有趣不是别的，而是内心丰盈之后的自带感，让每一个靠近他的人都不由自主被感染，并发自内心的快乐，仿佛日日是好日，处处莲花开。这样的人，无疑是有魅力的。

认识他之前，早在朋友口中略知一二。她们说，他是个幽默达观的人；他们说，他是枚真正的才子。而直面他，才知那些溢美之词其实并不夸大。我有幸在一些场合与他有过一些交集，比如一起参加过文艺研讨会，一起做过某征文活动的评委。后来又因共同好友偶尔有小聚，这么一来，而今也算得上是朋友，不远，不近。

很多人不知他原本姓“朱”，以为“万川”就是全名，当然，也会有人以为“万川”只是别名，至于真名，倒也不探究。

这不奇怪，他的作品均以“万川”署名。每每有人提及，都会加一句，哦，大咖。其实，名字最初叫啥不重要，他就是叫别的，那名字也一样敞亮。人们只要知道那些诗出自他手，那些剧作，来自他的灵感，这就够了。

会写诗的人，往往会看花、看月、看星辰，看世间万象……并且有能力透过它们看到智慧，看出哲理，感受到生命的跃动，又能够在自然与天地里，发自内心的感动，与共鸣。他在诗里写：我在江北的小屋，将唐朝的诗句煨成白水汤，好多年没改味口。他又写：其时老井正根植于这片古籍里，它的嘴唇被那些沽名汉子的鱼线，磨得四分五裂。他笔下的那些乡愁啊，有些悲凉，却又意味深长，耐人寻味，完全跳出了个人悲欢，博大深远。他说自己具有宅性体质，只有待在家中才最舒服，所以很少出很远的门，也无所谓什么远方。我是认同的，心中有诗，且足够明净，远又如何，近又如何，生而有情，处处皆景。

他毕业于南京大学中文系作家班，多年从事影视剧、广播剧、舞台剧、微电影、小品和诗歌创作，多次获奖。一年多前，又和一帮醉心于舞台表演艺术的朋友折腾起江海剧社，编导演一条龙，倒也搞得风生水起，出了不少好作品，成了江海文化的一块特色品牌，也成为中国田汉研究会戏剧委员会的一支年轻力量。

你看，就是这么有才华有影响力、对文字拿捏自如的人，原先却是美术专业出身，巧合的是，他是我名副其实的同校学兄，毕业后在乡下做了整整十年的美术老师，后因对文字的无比热爱，才慢慢走上文学创作之路。很多人说，这是破茧成蝶、更是涅槃重生。而我想说，一个人要有通向光明的心愿，又能在黑夜中重新检视自己的生命风格，确定自己真正想要什么，摈弃什么，才会有抵达的一天。

不知为何，我常在他身上能够看到自己的梦想，以及努力的方向。想，若能和他一样，抛除杂念，沉住气，忠于内心，生命定会比现在饱满。成功，是个漫长而艰辛的过程，顺应流年，并不断努力，其他的，就交给命运。这一切，万川做到了，他说自己的作息时间与大多人不一，他喜欢在深夜创作，当窗外万籁俱静，窗内的自己仿佛更能与灵魂接近，一个人的狂欢，心中却似万马策腾。你一定能够想象，这其实是一段清苦而快乐的时光，属于自己，又属于作品里那些鲜活的角色。

没有什么时来运转，不过是不骄不躁，倾尽所有的力气让自己越来越好。我了解的万川，至今仍在编剧创作的途中一路前行，无论风雨，只为自己蓄积盛开的力量。而我知道，一步一步，一点一点，往时光的深处去，他想要的，岁月一定会全部给他。

所有的歌者，都是特别会讲故事的人。

歌手秋雨

我是先听到秋雨的歌，再认识秋雨的人。毋庸置疑，秋雨有做偶像歌手的全部潜质，高大，帅气，音色又好，歌又迷人。其实我并不能用最精准最恰当的词汇来形容他的歌如何好，但知道，那就是好听，喜欢听，且能够单曲循环一下午。比如他的主打歌，由著名音乐人孟文豪词曲、特意为他量身定制的《又是秋雨夜》，我曾一度在办公室极力向同事推荐，但同事们告诉我，其实她们早在不同场合有听，真是汗颜。而我第一次听到，则在 2016 年盛夏的文艺汇演中，他在台上唱现场，我在台下录了整首歌的视频，随即发给了我成都一作词的朋友。她立马激动起来，说这歌手极富感染力，台风简直帅呆了，又有那么磁性的嗓音与表现力，能否牵线搭桥加个微信？若以后创作新歌，看能否有幸邀请他演唱。我说遗憾，我也没有。彼时，我是真不认识他，感觉遥远。

巧合的是，之后在一次艺术研讨会上遇见，他坐我斜对面，穿着休闲时尚，盛夏时节，一双马丁靴尤为耀眼，配饰亦夸张，人群里特别显目，这倒与我心目中歌手应有的样子完全吻合。他说最近有创作新歌，并在会上介绍了自己的创作意图，以及一些具体的操作流程。后来又说了些什么，我便记不清了，只知第一次与一名真正的歌手面对面交流，是件特别新鲜的事。而我奇怪的是，他的普通话显然没有当地口音，吐字亦清晰。后来得知，他来自浙江缙云，而今在当地歌舞团任剧团团长。期间，其实有太多的机会离开这里去外面发展，但他没有，二十年来，始终立足基层舞台，坚守在苏中这片土地。这里，成了他的第二故乡，他，也成了名副其实的当地人。当然，我们更庆幸，可以时常有机会现场听到他动人的歌声。

我们虽有微信，却因各自领域不同，互动不多。因喜欢他的歌，我在自己的微信公众号推荐过好几首，首推倒不是主打歌《又是秋雨夜》，而是我非常偏爱的另一首——《遗忘》。“昨日的那扇窗，是否被遗忘，远去的花季如何还原玫瑰的芬芳……”就这样听他娓娓道来，深情而忧伤，仿佛轻轻抚慰着每一个正在聆听的人，那声线，似夏日窗前拂过的微风，丝丝入扣，清凉又甘甜。有朋友夸，太治愈了，就像你失去了一个不爱你的人，却得到一个崭新的生活，重新获得了爱。真是精准。所以我开始相信，所有的歌者，都是特别会讲故事的人，而认真倾听的人，才有资格说喜欢，才有可能成为其铁粉。

其实，身为剧团团长的秋雨，这个身份常常会让人忽略，人们大多时候只记住他是个不错的歌手，只关注他又唱了什么新歌。这么多年来，他与国内外众多著名艺术家都曾同台演出过：彭丽媛、刘欢、孙楠、费翔、李宗盛……你看你看，哪一位不是圈内顶级大咖？难怪我有同学的女儿某天在路上突然激动地告诉我：天啦，你猜我昨晚遇见了谁？谁呀？是秋雨，是秋雨帅哥呢！好吧，那是个小迷妹。

就这么被光芒环绕被掌声淹没的人，也是与常人无异，喜欢在朋友圈晒他的歌，晒他的娃，仿佛生活从来没有不如意，不抱怨，不言苦，不忧伤，不认输……以最阳光最积极的一面告诉大家，生活，原来是这么有意思的事，与其担忧未来，不如过好当下。是的，你常常会看到他特别励志的自嘲，如：请允许我经常自我陶醉，如果自己都不喜欢自己的歌，那我就没有观众了。看似调侃，可未尝不是至理真言，让人笑着笑着就笑到了心里。这样的秋雨，是率真可爱的秋雨。

回头搜索他的单曲，从 QQ 音乐到网易云，除了《又是秋雨夜》，又发现了他一些好听的歌，至于都有些什么，有兴趣的朋友赶紧去搜索，我知道，你一定会和我一样喜欢。而他的歌迷见面会，或许哪天就会邀上你。

我敬佩这样的女子，清楚知道自己想要什么，默默耕耘，不声张。

有女如斯

有时动笔，其实刚开始你并不能很清晰地知道自己想要表达什么，因为你刚去认识一个人，骨子里会有些胆怯，生怕一落笔，多半不痛不痒，明暗参半，写不出所以然。但她的阳光、友善、美好，在我第一眼见后便能确定。由此，我愿意为其搜罗一些关于美好的字句，我愿意，认真地去赞美一个人。

我对人判断，往往四分靠交往，六分靠直觉，你难说这可行，抑或不可行，反正大多时候对了就是了。我们在咖啡馆会面，她像极旧式女子，长发披肩，一身棉麻。白是素白的白，黑是青黑的黑，不沧桑，不凋零，相反有种静谧、如意、安好的味道。那些民族风配饰，硕大，个性，色彩艳丽，配着这身素缕着实恰到好处，有种遗落世外的雅致。她静坐那里，就是一幅画，怎么看，怎么舒服。那天有些炎热，窗外熙攘纷杂，室内则是沉静舒展，偶尔有声音，是我们的谈话，笑颦间，随意得如同熟识已久的老朋友。

蔡澜有语：我喜欢的女人，是求进步的女人。在了解了她的经历之后，我脑子里瞬间闪过这句。正如发小爱武介绍的那样，她是部传奇，更是令人刮目的励志篇。是的，至少，我无法想象面前这个看似柔弱温顺美丽的女子曾经竟在机械厂一待就是六年。而今回忆起来，没有高谈阔论、一切仿佛一笔带过。但我知道，那些时日对生活对人生的质疑、迷茫、困惑，谁愿拿来一一陈设铺展？《圣经》言：凡流泪撒种的，必欢呼收获。再多的苦、再多的不甘，毕竟都过去了，未来都是新天新地。

所有的机会都是留给有准备的人，她全力寻得一条适合自己的路途，从机械厂到烟草公司，再到现在的韩公馆，一步一步的逆袭中，以自己的才华彻底折服了大家，同时也成功塑造了另一个自己，获得了另一个全新的世界，最终不仅成为真正的表演艺术家，也成了自己的人生赢家。生命，就此能够从容不迫，就像开在朝阳里的花朵，就像所有清晨里的露珠，散发出自己特有的剧烈光芒。

她谈起她说相声时的那个阶段，说所到之处，人未上台，台下早已掌声雷鸣。我知道，那是一段特别令她骄傲的时光，算得上小辉煌。人都有青春，各自斑斓，所以，我很是理解这份心境。就像我自己，还不是一样有着急需分享的事，或珍重，或美好，在岁月沉淀后，一点一点打开，变成一种暖性的芬芳。看得出，她和我有十分类似的感性，说到慷慨激昂处，会有些小激动，极富感染力。而我，真是喜欢这个时候的她，真实，可爱，又不失自我。

你要相信，有些人，天生就是为表演而生，如她。一名普通的工人，凭借自己的努力，读戏剧导演研修班，又取得朗诵艺术考级高级辅导教师资格，多么难得。多年来，在曲艺表演的道路上，她更是取得了丰硕的成果，我不能感同身受地知道需要付出多少，但知道一定不会坐享其成，不劳而获。

真的，我敬佩这样的女子，清楚知道自己想要什么，默默耕耘，不声张。而岁月也从不舍辜负，红尘俗世，却落得她如莲一般美，且越来越美。爱武说，她当属京剧里的青衣，甚妙。人间尤物是青衣啊，扮相美、身段美、音色美，是含蓄的妩媚，有人情味儿，有烟火气。这，可不就是她嘛。听说，若要一睹芳容，她会在韩公馆百年金桂的树下，染一身花香，摆一桌茶席，等你。

无论是绘画，还是摄影，他都有着完全与众不同的艺术体验，在经历时间长河的流逝之后，依然如故地坚持自我。

本家学长

去他工作室的路上有些忐忑：没有预约，会不会唐突？到艺术中心问了门卫，说吴老师在一楼布展，你进去看看。狭长逼仄的展厅进口处，正好他在，一身麻衫飘逸洒脱。一见我，赶紧招呼，来来来，看看我们的参展作品。我称他大师，他却笑，我可是你学长，也是你本家大哥，亲切随和，全无那种国家一级美术大师的架子。距离拉近，说起话来自然不拘谨。说明来意，他爽朗答应，随即领我上楼。

他的“吴田玉艺术工作室”设立在文化艺术中心二楼。不同的工作室一定有着不同的格调不同的韵味，彰显着主人的个性与品位。一进他的工作室，让我非常震撼，这里空间比想象中大很多，且区域分明，绘画区，沏茶区，接待区，以及阅读区，功能很是齐全。整个空间的设陈布局上颇有中国画的虚实相生、黑白相佐的透气感。不仅如此，这里的每一处都至洁至清，大雅大净，一屋子的器物与墙上的作品相得益彰，完全不同于大众眼里的艺术家形象——大俗大乱，邋遢无序。

他擅长国画，喜花鸟。他画的花鸟造型夸张，色彩亦脱离了传统水墨的束缚，生动前卫，以线立形，以墨彩渲染，又灵动又梦幻，趣味又诗意。我注意到他画案上正铺着一张未完成的大作：大漠孤烟，霜冷长河，几只闲散的不知名的好看的鸟不慌不忙，仿佛顿悟了生活的秘密，在漫长的光阴里成双结对，或凝视，或眺望。我曾见过他此类一系列的作品——《花溪香远》《池影》《香雪》《踏听海烟渚中》……主体都是这样的鸟，它们均有漂亮的锦冠，身型硕长得有些失衡，似鹤非鹤，似鹭非鹭，说不上具体感觉，但显然有份禅意在。其实不必探究它们的来历，你只要知道，这样一种“悦性”的表达，是他特有的“悦式水墨”。

画从心生，率性而为，他打破了历史文化沉淀在观者意识中的视觉法则，挑战着人们惯有的认知和思维，扩大了其格局。不得不说，他是当代中国花鸟画坛上一颗闪耀的明星。

值得一提的是，他还是一位喜欢摄影的画家，视角独特，尤为专业，是我见过的为数不多值得称道的好摄影师。在他工作室见到一些摄影作品，这些作品多为黑白，有迷人的光影质感，厚重耐看，又纯粹简单，恬静安逸，就像另一种水墨呈现。他善于捕捉普通大众的常态，关注底层生活，他的镜头里有太多的真善美，以及太多的感动。显然，无论是绘画，还是摄影，他都有着完全与众不同的艺术体验，在经历时间长河的流逝之后，依然如故地坚持自我。

他是艺术大师，更是令人尊敬的师长。闲聊时，知道我很久不画画，他鼓励我重拾旧业，将文字与绘画结合起来搞点创作。他说，你有美术基础，又有文学基础，千万别荒废，到时我给你一些建议。或许，这才是我走进他工作室的最大收获。而我觉得，这也才是真正的大师情怀：为世忧乐者，君子之志。

> 那些色彩在她的笔端飞舞，灵活而生动。这是她的舞台，即使没有聚光灯，她也会独自蹁跹。

彭　云

确切地说，彭云是闺蜜的闺蜜，虽说有点拗口，但关系更为确切。听说我要写她，她大笑，说太熟悉了反倒不好写。也许是吧，也许不是。毕竟认识太久，彼此还是了解的，而了解，必定有话可说。

我去她画室时，正赶上政协组队即将过来参观。因为时间尚早，她给我烧水煮茶，拿取，冲泡，娴熟的动作连贯到位。她说绿茶不能用沸水，得冷却到八十度左右，于是我们边等水凉边聊。我和闺蜜对茶的认识以及喜爱，最初完全是受她影响，从这点讲，说她是引路人不为过，但后来者居上这样的话，我们不敢当面说，就如此刻在她泡茶时，我只管满目虔诚，看她动作起起落落，颇有韵律。

她是南通早期的女性油画家之一，擅长风景、静物。画作中，色彩的明灭、线条的走向、构图的动态总是基于对生活的感知，作品屡屡见报。

她在通城举办个人画展时，其中一幅以父亲遗留物件为原型的作品，倾注了自己的全部情感，极具年代感：半旧的铁皮箱，几张皱绉斑驳的旧《新华日报》，上面散有一些红色证件与功勋章，旁边一顶军帽，一根带有铜扣的军用皮带，以及一把银锁手镯……所有的物件都是旧旧的，晕染着岁月经久的味道。它们随意散落，隐隐透露出主人的身份，令人肃然起敬。这一件件，均在无言诉说，有追思，更有刻在骨子里的遗憾与痛感。她说，很多参观者在展厅面对这幅作品时都会抑制不住地流泪。情之所深的作品，自然会获有大众的感同身受。这幅作品后来每每参展，均有不错的奖项。于情于理，我不觉意外。

她的画室有女性所独有的韵味。除了满屋作品与装饰恰如其分地分布，窗台上还有好些多肉，它们的安置让整个空间一下子柔和起来，安静起来。环顾四周，我说最喜那幅《海滩》：苍茫的滩涂，孤舟搁浅，诗意有了，远方也有了。她却另拿起一幅素描向我炫耀，说是她八十六岁的老学员所作，那份自豪远胜于自己的任何一幅作品获大奖。我看着线条有些僵硬，形体也有些瑕疵，但三大面五大调还是有的。可她说，这才是用心之作，尽管稚拙，却远比那些技巧娴熟的作品有意义得多。平日看起来大大咧咧的她，此刻显然柔情似水。

她十分轻松地聊自己的作品，并不代表创作时没有焦虑与纠结。自始至终，她都有自己的独特见解，从不画无准备之作。

有灵感时一气呵成，没感觉时干脆搁置。她指着墙边的几幅空白条屏告诉我，接下来要好好创作一组作品，题材已经想好。我能够想象在这样一间工作室里，她会怎样地又刮又涂又摆，用色彩丰富的韵意与肌理表现出质地的趣味，以及渲染自己饱满的情绪。她工作时的状态应该很专注，和她平日生活中很是不同，那些色彩在她的笔端飞舞，灵活而生动。这是她的舞台，即使没有聚光灯，她也会独自蹁跹。我没有什么别的好说，只期待亲爱的她下一次的个人画展早日面世。

唯持一份“常乐”，少一份浮躁，即可此境永驻。

篆刻徐

早年间，对徐勇就有所耳闻，知道他篆刻厉害。厉害，是旁人对他的评论与赞许，我尚未有幸亲眼所见，不好妄自断定好坏。可说的人多了，心里总是多出几分敬仰。后来，篆刻没机会见着，倒先拜读到他的文字。刚好在同一期刊上，我与他的文字一前一后，所以格外留了意。都说文如其人，也就在读完的那一刻，我对他似乎开始有了最初步的认识。他在《读书的感觉》中写：一个小院，门前一片不太小的水面，可心的小狗趴在纹路清晰老旧桌椅下，有整墙面的书橱，凌乱摆放着不少散发淡淡味道的书，我倚靠着躺椅，吹着湿湿的风，与书相伴……看得出，那是他最为理想的读书梦，很悠然，很诗意，极富画面感。雪小禅说过，只向美好的事物低头，读书，写字，即使孤独，也孤独得有美意。而世间经常会有些微小的照耀，微小的欢喜，大概就是他这样的。一直以来，我对这样的人总会抱有强烈的认同感，感觉洁净、妥帖、深刻。即便和他仍旧不熟，却似乎也不那么陌生了。

之后很长一段时间，我总以为他是美术专业出身，这种错觉一错再错，却感觉理所当然。这大概和他自身所散发出的萧萧文气与艺术气息相关，和一朋友谈起他，她用了“儒雅”二字来形容。后来证实，真是恰如其分。

儒雅的他平日极爱舞文弄墨，常以七言寄情，写下了诸多动人的诗句。“秦诡汉厚尽苍茫，方寸之地遗墨香。拙眼尤窥精妙在，情意恣肆心向往。”“深宵静观月徘徊，微风轻拂秋意携。明月映庭催桂子，始有幽香悄然来。”……首首深情，首首韵味。他说他常年已养成一种生活习惯，每日凌晨四点起，继而钻进书房三小时，一心只与自己对话：读书、篆刻、写诗。这样的安静与凛冽，从喧嚣中回归，且义无反顾投入到与之契合的精神领域，一定是种难得的安贞与修行。日复一日，也终于形成了自己在篆刻中独树一帜的风格——简约封泥。

他给我看他的篆刻作品，一派古朴天真。我虽是不甚很懂，也说不出更多的门道，但还是能够在一笔一画里看到不着痕迹的骨力，和书法所特有的格局与气象。是的，篆刻与书法之间相辅相成，往往有着某种不可分割的关联，没有书法功力的篆刻，应该难成大器。他说，他已经完成了海安三塘十景以及二十四节气的篆刻创作。目前，正致力以简约封泥的格式完成“心经”与部分原创诗歌。你看，这听着听着就有古意，可听着听着又觉不易。你想，若一颗心不寂静到极致，要如何去完成那么巨大的工程。但我想，这是他的欢喜，他的方向，只有胸中有千壑，一刀一刀刻下才深情。

可他明明就不是学艺术的啊，师范毕业后做过数学老师，后走上领导岗位，在教育战线上战斗了好多年。可无论是最初的普通教师，还是后来的校长，似乎都与眼下的艺术创作无关。但其实，教人与篆刻，有异曲同工之妙，通了，透了，也就得了道。这不同的领域里，他都以自己的人格魅力获得了自己的一席之地。

再后来，他离开教育战线，到宣传部宣传科，做了与艺术相关的工作，虽然工作繁忙，但篆刻一直是他坚持且无法割舍的心头之好。“何以解忧，唯有篆刻。”他说，篆刻是他工作之余最好的休闲途径，用来释放世俗中的各种繁杂，自娱自乐，乐在其间。如他所写：唯持一份“常乐”，少一份浮躁，即可此境永驻。由此可见，篆刻，是他的“常乐”之道，更是他的一生所爱。

天道酬勤，所有的付出，必定都有回报。在全国第八届篆刻艺术展评中，他的作品从众多投稿中脱颖而出。他以自己的作品说话，向世人敞开了一扇大门，而这扇门内，他以他篆刻时的姿态，染一身清雅，将自己伸展成了一望无际的藤，蔓过春，也蔓过秋，逐渐成为自己人生中最美最独特的风景。

她爱这个纷乱的尘世，她爱她的专长，以热烈勇敢的姿态，一直尽力绽放。

花老师

天色灰蓝，我们坐在窗前，一人一杯奶茶，面对面，像熟识很久的朋友，不生疏，不拘泥。她说话语速很快，脆生生的，如银铃。这总能让人想起林间雀跃的小鸟，热烈、欢腾，与我印象里的她甚是不同。都说美丽的女孩儿多半清冷、高傲，且难以靠近，我向来以为她多半亦是如此，所以采访之事一拖再拖，从去年萧瑟的冬，延迟到今年满目金黄的秋，时隔大半年。心说，有缘的，自然随缘而来，无缘的，即便这般那般应当要怎样，也泛不起我一丝涟漪啊。

还好，一切未曾错过，又沾了欢喜。她就真实坐在对面，时而安静，时而爽朗。坐久后，竟有了无比温暖的时光感。她有精致的五官，很是耐看，短发间挑出几丝不同，既时尚又复古，俊俏得让人恍若以为画上的女子跳出画面，走了下来。诚然，我对她也并非完全没有了解，早在N年前，就已零零碎碎知道个大概：花红娟，音乐老师，副业“溜嘴皮子”，曲艺界的风云人物，相声、小品、演讲……总而言之，无所不能。她说，她爱这个纷乱的尘世，她爱她的专长，以热烈勇敢的姿态，一直尽力绽放。

突然想起曾有朋友介绍过她，说她的比赛史可以用“所向披靡”来概括，甭管怎样的级别赛事，但凡有她参加，别人就得屈居第二，无一例外，简直神奇得很。其实又哪是什么神奇，不过是平日专业素养积累的最终呈现。只是不知她有没有曲高和寡的落寞，或者说，有无难逢对手的无奈与孤独。她说，如今心意再浩荡，也已无意去争什么高低，倘若可以将自己的才能得以发扬光大，恐怕才是最有意义的事。话间，远处奔来一男孩儿，边奔边喊：“花老师，花老师。”声音稚嫩，模样可爱。未等走近，就迫不及待张开双臂，直接扑过来一把抱住她。她介绍，说是校朗读表演社团的孩子，她的学生，读二年级，有些小灵气。师生俩在我眼前亲密得互有响应，那一刻，我知她们早已心意相通，无论是校内，还是校外。

她说起她的学生，似乎比说起自己更饶有趣味，她说起她学生获得的成绩，也比说起自己取得的成就更有激情。一日梵唱，一日盛开。一个人长得漂亮，远远不如活得漂亮，何况，她长得够漂亮，也活得够漂亮，所以很多人说，她是成功的。我说不好成功的定义与标准，但知道，生活在哪里，就该是哪里的模样。就如她，走进校园，是那个亲切温和又感性的好老师，走上舞台，则会散发出丰盈美好的味道，充沛，有力，意兴阑珊。我听过她演讲，有那种冷媚相间的意境，玲珑清透，很是迷人。

没有人会莫名其妙走向成功。都说台上一分钟，台下十年功，所有积累的过程无疑都是曲折而艰辛的。我问她源于何种动力，她只说两字，喜欢。可这也未尝不是一种幸运，能够在寻常光阴里走自己的路，做喜欢的事，是欣然，是恩泽，是俗世里干净的大写意啊。突然觉得眼前的她有种独特的美，一举手，一抬头，既有静静无声的不羁，又仿佛包裹着小女人的安雅顺从之意，美得自在，也美得自信。

她的路还有很长，在绽放自己的同时，也将所有的能量一点一滴释放到孩子身上，当两者相互汇通融合的时候，我确信，那一定是她最美最好的时候。我倒不想祝她什么纵横四海，一统天下，因为我懂得，那未必是她初衷。一方舞台，她快乐就好，享受就好。其他所有，就交付给时间，随遇而安，顺其自然。

折服这种沉溺其间的执着与热爱，丰盈自足。这尤其珍贵，大多人缺失这点。

教头洪伟

有人叫他洪帅，也有人叫他洪教头，反正，都蛮亲切的。前者因他多年活跃在各类大小舞台，塑造出一个又一个个性鲜明的舞台艺术形象，后者自然是因他常年坚持游泳，而今又成了孩子们的教头，为地方泳界培养出一批出色的青少年好苗子。所以，就连他自己也戏称自己为“会演戏的鱼”，细细品味，感觉再恰当不过。莞尔。

回想起来，我也多半只在这两种场合下才会遇见他。第一次去泳馆，我是正宗的“旱鸭子”，大家向我推荐：“想学游泳，找洪伟。”洪伟是谁，我无从知晓。他们指指幽暗的角落，人群里恰好有人高呼他的名字，算是初识。性格使然，却总是难以启齿请教的事。这般来来回回，直至后来断了此项运动，也没打过任何交道，而一晃，差不多十年过去。

我后来诧异的是，居然在一段小品视频中见到他。《真情在线》中，他是那个忙碌孝顺的儿子。一段寻常的家事，因他的表现看着看着就动了情。不喧闹，亦无大的波澜，却呈现出人性中极致的美好。我虽然无法将他与泳池中那个矫健的身影重合起来，却也由此懂得，一个人的生活质感一定是多面的，立体的。无论在哪里，他仿佛都可以一点一点拨开未来，倾尽酴醾，认真扮演好自己应有的角色。

而等到真的熟识后，才知道他并非真的专业演员。曾在部队跌打滚爬数年的他，是新时代最可爱的人，后退伍回来，一直供职于市疾控中心。因为有表演特长，在表演的道路上一走就是十六年。这十六年里，他先后参与并演出的相声、小品、情景剧有三十多个，另外还参加过十二部微电影的拍摄，获大奖无数。坐在明亮的窗前，看着熙攘街景里纷乱的影像，我们斜对面坐着，我问他，这所有的奖项给你带来了什么？他说，快乐。哦，快乐。因为表演陷入欢愉，还有比这更好的吗？他和他的表演艺术，能够嗅到彼此的气味，芳香，以及那些或轻淡或浓烈里的温暖情意。而以自身奔腾不止的热血来获得彼此的认可，实在是最亲密深入的方式。他，做到了，且完胜，不能不说，这是无与伦比的美丽。

一个人对一份事业要有怎样的热爱，才可以真正做到淡泊名利，不计得失，不管不顾，一味感性地付出？当他知道我要写他时，神情羞涩而腼腆，完全没有舞台上那般自信与从容，但有自身矜持所在的清澈光芒，美好得极其微妙。他说自己真的没啥好写，不过是做了些自己喜好的事，取得了一些微小的成绩。可是，我就是折服这种沉溺其间的执着与热爱，丰盈自足。这尤其珍贵，大多人缺失这点。

其实，除了表演之外，他在朗读的路上也是越走越宽。有幸在好几个场合欣赏过他深情而稳健的表现，颇有大家风范，磁性浑厚的音色，极易将听众带入特定的意境。原来，不只是肢体语言才有感染力，好的声音，也可呈现一出好戏。在不同的领域展现不同的风采，这应该也是他的人生追求。

当然，他的角色始终分明，无论是舞台，还是生活。我见过他宠妻溺女的时候，就像大多丈夫与父亲那样，眼里有欢喜，且日复一日，热爱着这样的欢喜。他美丽的妻子和娇艳的女儿脸上展现的笑容就是幸福最好写照，那么真实，那么清澈。

我们喜欢谈论成功，给成功下定义，但实际上，成功不是单纯的事业有所成就，或者，单纯陪伴家人，简单的生活。如果非要给成功下个定义，我更希望是我曾读到过的一句：成功，是为自己做出最好的选择，并且接受它们，心安理得地生活。从这一点看，我觉得洪伟尤其成功。

曾经的曾经，青春年少的梦，像阳光一般潋滟过。我的，海平的。

曾经的曾经

整理了一些旧照片，它们散落在一本本很旧的相册里，有些，开始泛黄。最早的一张，是我十岁的时候，单薄清瘦，很尖的下巴，很稚嫩的眼神。背景是在老家门前，小砖青瓦，黑白里，写满了岁月古老的痕迹。我记得，是父亲用他的海鸥相机定格了那一瞬间，然后，跟随他走进暗房，看着自己一点一点从不知名的药水中显现。

我记得那个年月的好多事，我知道，这些，不足以让我成为一次又一次的写字缘由。但，为什么总会回忆起那些，而后不得释怀。童年，少年，是一辈子里最为纯净的时光。长大的我们，多多少少有些市侩，也或多或少会蒙上世俗的尘埃，一点点，侵蚀剥离着灵魂最深处的纯白。

也是这样一个季节，在宜兴的那座小山上，我和海平一起钻进小树林，背靠背坐下，谈很多不切实际的未来。她说，她将来要当一名设计师，最出色的那种，可以设计很多风格的建筑。我说，我也是，只是我想设计服装，因为我爱臭美，我希望可以穿上自己设计的服装穿梭人群。很多年过去了，她去了一家单位做了女司机，曾经拿着画笔的手握了方向盘。而我，也未能实现自己的愿望。

我们一定都忘不了在宜兴的最后一晚，仲夏的夜，有缥缈的月光，我们并肩走在校园的操场上，一圈一圈，不知疲倦。查夜的学生干部就着月色朦胧以为我们是恋爱的男女，笑过之后，她有些伤感，说，以后谁来保护你呢？是的，那一年，她一直充当着保镖的角色，强悍，无所畏惧。他乡的日子里，我没有受过半点委屈。

只是听说，她做了什么。其实，我一直再没有真的见过她，看《蜗居》的时候，海平的名字，让我一度想起，那个也叫海平的女孩子，留一头短发，雷厉风行。也许，就这么错失。可是，我希望能有一天，她会带着曾经熟悉的笑容出现在我面前。而我，会不会有些腼腆，问：真的是你吗？我猜想，她一定还是老模样，一把抱住我，不知轻重地摇晃。

那个地方，承载过一些梦想。那些人，在那样的年月一起用色彩涂抹过生活。曾经的曾经，青春年少的梦，像阳光一般潋滟过。我的，海平的。

是，总会怀念一些人，和肆无忌惮的过往。有些人，注定一辈子不会淡忘，纵然，四季的河流从未停息过。海平，会很幸福吗？我翻了翻，终于找着一张唯一的合影，我留着齐刘海儿，她穿着绿夹克。我拿着她送的玩偶，她抱着我的肩目光投向远方。山峦青黛，绿荫芬芳。我们的笑容有些夸张，但快乐是真的。即使多年之后的今天，我仍旧能够触摸到那一瞬间，彼此种植的情怀，纯澈如水。

祝福，远在不知何地的她，能够真的幸福着。然后，在某个时刻，也会这般想起我，那个曾经喜欢穿着粉红背带裤比她矮一头的丫头，和她一起拉着手，走在山间小道，走在农家的紫砂坊，将快乐一点一点播撒，一点一点收藏。

曾经的曾经，很远。曾经的曾经，也很近。

我知道，有一种分别，就像明天还可以见面一样，所以，不那么忧伤。

春归故人来

与她相识十年之久，算得上故人，却从未曾相见。她来杭州学习，雀跃地以为江浙沪一体，再远也是很近。自然，也不能算是特别远，倘若开车，大约需要五个多钟头，一来一回也就不近了。担心她行程安排紧凑，并无空余，谁料这妞见面的决心铿锵掷地，甩了同事，孤身孑然搭上班车，一路向北。

第一次知道她会写歌是在论坛，当时留了心，至于后来谁加谁早已忘却。我仅记得当时视频过一次，后面是她可爱的小子满床在爬，让人忍俊不禁。也是那次，知道她是军嫂，老公常年驻守西藏，铮铮铁骨的军营汉子。后来我想，她的独立与坚韧，应该缘由于此。

她曾在《温柔的刺猬》里写道：每个人都有一座城堡，一颗心只为一个人沉醉，我是伪装坚强的刺猬，只有你能看穿我的狼狈，我是为你而生的刺猬，爱上你再也无路可退。我不知她写的时候想了些什么，是独自行走的惆怅，还是相思过后的悠长。只是我听后立马爱上，下载保存单曲循环了很久。再后来，她又写了好多，柔情的，感伤的，有新词，有古风。

我真是嫉妒，连羡慕都跨越了。只是，再怎样，还是被吸引。与君初相识，犹如故人归。这样的遇见，毕竟是不多见的。

她过来的那天发来消息，说杭州下雨，她昨儿冒雨逛了西湖。我遥想那一幕，街道在眼前，湖水在眼前，古树在眼前，丽人在眼前，细细的雨丝在眼前……一切都是那么美，美得盎然，美得触手可及。也真是奇怪，南通本来是不下雨的，可在我去接梅姐同去的路上雨点霹雳啪哒使劲砸下来，像是与她一路飞奔过来的景致遥相呼应。

雪小禅写过，相同的人，再远，也能闻得到气息。这也是我想说的。见她是在桔子水晶宾馆。原以为我们先到，却在开门的刹那惊呆。一张漂亮的娃娃脸，和十年之前视频里的她并无二样。人生忽如寄，岁月尚且宽厚。

冰雪如她，前台报上我的名，顺利拿到房卡，然后悄悄躲在房间给了我们一个超大的惊喜。几乎同时，我们张开双臂，拥抱过后，仔细端详。十年一见，愿望达成，你可以想象会有怎样烈净的欢喜。同类间的气息洞若神明，何况，本就不陌生。

雨水过后，整个南通是湿润的。三月倒春寒，走在路上，迎风有些凉意，三人兴致不减，只是下意识缩了缩脖子，推着挽着说些有趣的。天色朦胧起来，街道两边灯火阑珊。树影婆娑里，我们就近找了家土菜馆，点了咸鹅煲、椒盐鱼块、荠菜疙瘩汤……算不上南通特色，清淡味重各一些，比不得成都的辛辣，担心她吃不来。她却一派天真朴素，说这个好吃那个不错，我和梅姐都当了真。

我们说起论坛，说起那些又唏嘘又欢乐的旧时光，说大多人走着走着就离散了，说剩下为数不多的深情厚谊是多么值得珍惜与怀念。说着说着，开始动了情。仿佛所有的好时光都是用来浪费的，就像这样一个夜晚，在南通城里，在一家普通的菜馆里，吃着普通的菜，聊着闲散的心，快乐、简单。四周是喧闹的，我们反而是静的、绵长的、悠远的。

许是晚了，濠河的游艇多半闲置。三人上了小游艇，晃晃悠悠就到了水中央，开船的大叔兼解说，一口并不流利的普通话夹杂着浓浓的南通口音，我听着已是费劲，她可能更是不明就里。不过有什么关系，我们仍旧可以从中感知景色的妙趣，相聚的喜悦，以及一份没有约束的自在。

天阴着，看不到月亮的倒影，而两岸霓虹闪烁得扑朔迷离，桥上也是，又恍惚又真实。博物馆、沈寿绣馆、张謇故居、小码头……一个个似乎从历史穿越过来，落在眼底。隔着玻璃窗，我们既看到水天一色的牵引，又看到玻璃反射过来的自己，哪里哪里都好。大叔突然问我们当中有没有日本友人，她俩同时指向我，大叔笑，感觉也是，可这位友人的中文真好。管他，承认好了，就像孩子那样调皮一下。希望前方没有尽头，我们就可以一直晃悠下去。

第二天，突然醒悟过来，吵着要拍合影，坐着拍，走路拍，吃着饭也拍，开着车也拍。仿佛要将所有的内存塞满，又仿佛只有这样才能留下更多。我其实是个在镜头前就开始羞涩的人，表情僵硬，手脚均不知所措。梅姐寻花，我找枯木，她则一路举着自拍杆不时来一张，俏皮得像个少年。是的，不是少女，是少年，还是那种有着春天花香的少年，真是要命。

碎碎的时间总是握不住，刚说了见到你很高兴，接着就要说再见，自然带有很多遗憾。比如，还有真正的乡味没有尝到，还有那么多想看的没看到，梅姐家的大院子，我种下的多肉丛林。她却说，其实就是想见你们一面，很满足了。嗯，我知道，有一种分别，就像明天还可以见面一样，所以，不那么忧伤。而匆匆记录这些时，我正喝着她带来的雀舌，味道，如她一般。

很多时候，你不懂，我也不懂。就这样，走着走着就散了，想着想着就算了。

暖　暖

苏，一个西安的小女孩儿，和我儿子同龄，她喜欢叫我暖暖。很长一段时间，我不习惯。对于任何新生事物，我总有极其漫长的适应周期。后来，她总叫，我就开始接受。她说，暖暖，我爱死你了。她说，暖暖，我希望过你那样的生活。她说，暖暖……被她感染，内心总会泛起涟漪，如湖面上的艳光，闪烁着柔暖光芒。

一日，谈到儿子。苏大呼，暖暖，你怎么可以有孩子？怎么可以？仿佛是我的错，不可饶恕。苏执意认为我应尚未婚嫁。对于儿子的出现，她显得过于愕然。如同我接受“暖暖”这个名字，需要时间的累积。等到她能接受的时候，总是会说，暖暖，你实在比我妈年轻，真的真的！

暖暖，是她叫我的专利。很多时候，她有些小霸道。我很难想象，这是一个与我儿子同龄的孩子。她的思想犀利，文笔特别老道。亦或许，我对现在的孩子不是十分了解。包括自己的儿子。但她确实让我惊喜。在不多的交流里，一如故交。

我不知道苏的学习状况，我从不问，她也从不提及。其实，我们很少有聊。对于一个上学的孩子来说，上网的时间屈指可数。但她会在某个时段突然冒出，说，暖暖，等我高考之后，我要留很长很长的长发。或者说，暖暖，我的右手因为写字已经有点变形了。她从不掩饰她的情绪，开心，抑或沮丧。

她认识我，是从关注我博客开始的。暖暖，是我文字里中的常用词汇。其实，即便不聊，我们也会从彼此的文字中深知对方。我们有各自的世界，各自的未来，我们都在岁月的长河中深刻捕捉，那些令人感动的瞬间，与美好无间的情谊。如同磁铁，我们吸引了彼此，一时忘了年龄的本身。

暖暖，我其实喜欢这带有温度的昵称啊。它让我褪卸了冰冻与坚硬，在阳光的间隙里，感受缕缕温暖。同时又让我觉得，世上没有持久的仇恨。小小年纪的苏，用她的纯真，友好，甚至一点点的崇拜，使我还原了性格里所有的好。

真的很庆幸，人生里有这样一位可爱的忘年交。突然也有一瞬，开始介意年龄的问题。

其实，很长很长一段时间，我都是介意的。岁月如刀，那是一种骨子里的惆怅。女人，很少有这样的不介意。哪怕皮肤再好，看上去有多显年轻。然，年龄是个实际，它无从欺骗。

有时看着长大的儿子竟也可以和我谈起七堇年，谈起最小说，会有恍惚。还好，我们没有大的代沟，这让我安慰，亦很安心。每天清晨，他会背上单肩书包和我道别，然后轻轻关上大门，下楼的脚步轻快。一种青春的飞扬，与朝阳辉映。

无聊时，会独自揣度一生的长度，然后一个人异常烦郁。这样的时候，我确乎特别无聊。人生无常，所有的未知是其最大的魅力，因为未知，前面的一切才会令人无限期待与憧憬。

想起写博的最初，HONG 写红河两岸，写他在越南的种种经历。记得最后一篇是写在 2007 年的 9 月，一晃好多年。他写《遥远的客栈》：对我来说，最恐惧，也是最无法忍受的事情，就是老在家中，死在床上。我不是特别理解，但突然对生命有了一种敬畏。我特别喜欢他博里的一首《留下油灯光》：慢慢地哟你来到我身旁 / 带着一盏油灯闪着光 / 我依然不知道怎样去做 / 你就用双手搂着我的肩膀 / 你提的问题叫我心慌 / 不知不觉我已泪眼汪汪 / 长久的期待今天有缘一场 / 我决定伴随无论你去何方……

那些打马而过的青春，那些逝去的旧时光，还有渐渐老去的自己。

生活里，有很多转瞬即逝，像在车站的告别，刚刚还相互拥抱，转眼就各自天涯。很多时候，你不懂，我也不懂。就这样，走着走着就散了，想着想着就算了。比如，苏。比如，HONG。

这个夏日，风还是当年那般柔和，云也撕裂成一朵一朵又一朵，我们却是要回头才能找得到彼此，在时光之内，又在时光之外。

张同学

在那青涩茏葱的时代，无论写谁，不过都是怀念，怀念曾经可以肆无忌惮的青春，和那些吵过、闹过、哭过、笑过，欢欢喜喜过，分分合合过的年月。未必都要发生过什么，就那样平平淡淡的三年中师生活，对于当年的同窗来说，应该都是极为珍贵的回忆吧。

记忆中的张同学一直活得辽阔纵横，不为生计愁，不为学业忧，不似我，刚拿到当月生活费，就开始担忧下月的不及时。人生起点不同，活法自然不同。那时，学校有一足球队，他在其中，可愚笨如我，至今不知他是踢前锋，还是中场，更没有看过他们男生任何一场比赛。都说运动的男生最受女孩儿青睐，可三年来，倒未曾听说过他的任何绯闻。或许我是后知后觉的，也或许是他有意隐瞒，总之，我不太相信那么帅气的男生独来独往会是个真相。

学校生活按惯有的轨迹平稳向前，我们每天来往于画室与教室间。画室里的写生位置并无固定，先去先占，教室里则不然，完全还是中学时的模样，两人一桌，几周轮换。我和张同学并非同桌，按个头排列，我在前排，他在后列，隔着好几行。至于后来他是如何与我达成协议，以一盒王杰的磁带换取一次手工作业，我真的无从忆起。

很多人都曾觉得张同学当年很是冷漠，不爱与人讲话，尤其和女孩儿，远不似如今这般生动、活泼，甚至小幽默。我之所以肯接受当年那样的协议，应该一半源于好奇，一半出于对王杰的真爱。总之，劳动所得，心安理得。何况，那些手工活儿在我看来，不过是些小儿科。三年来，具体记不清合作了几次，但搬家时，王杰的磁带倒真是搜出不少，当然，自己大概也买了些。

青春本身就有一种绽放的姿态，三年时光清明荡漾，有人言语密集，有人内敛缄默，性格不一而已。那个叫海门的地方，一群人将自己放逐在那，再在那跋涉书写。直到今天才明白，所有的深浓情意，早已浸了魂，要让人一辈子去惦念。

毕业前，大家互赠照片，各自留言。张同学给我写：如果你是男生的话，我们一定可以结为兄弟。你瞧你瞧，我的汉子性格啊，老早被看穿。这留言，我估计他也是记不清了，就如他并不确定其他一样。但我依然高兴，第一次被人喊兄弟，等同被人默许你豪爽，你义气，你不婆婆妈妈，不自怜自艾，不斤斤计较。而这些，与我而言，多么恰如其分。

毕业后，大家各奔东西。从此，只能以遥远的晨光与月色相望。我先后在几所学校待过，教过数学，教过音乐，最终还是回归了自己的专业，专职美术。张同学一开始就跨进银行系统，据说早已升职。我对职场不敏感，具体仍说不清他到底在干些什么。但其间遇见过一两次，他因工作需要来我小城，与学生时期不同的是，他少了些冷酷，能够与人正常寒暄，甚至，能够一起坐一坐，说一说话，完全不显尴尬。

一直以来，对一些事，一些人，其实都是淡淡的。也因这份清淡，所有的时光反倒成了烟火里的清澈欢颜，圣洁而美好。后来，有了微信，有人建了同学群，大家再次续上，张同学说，你所有的微信我都看了。我说所有吗？所有。不过是些日常，随记随忘，最终片甲不留，他却留了心。

某天下午三点，闺蜜突发奇想，说不如去南通看夜景吧。心血来潮的两人现金也没抓就出发了，途中我发朋友圈，玩笑说离家出走，仅有的三百元够住个宿。只一会儿，张同学就私聊问我出啥事了，我说就想出去转转啊，他说你到南通说个地址吧，我给你送点钱过来。果然是兄弟，无须两肋插刀，却也是毅然相助。钱自然没要，但情义记下了，知道心意的厚重，是生命中的锦色。

那年，同学们说聚会在启东。我知，那是一地芬芳的盛宴，是锦绣之美，是无法预期的预期，是积蓄了当时三年，以及后来很多年的迸发。蓦然忆起再往年的同学聚，有一些人没能去，包括张同学。但有什么关系，很多人，你记在心里，一辈子不见，也未必相忘。

时光冉冉，亲爱的张同学、李同学、王同学……们，还有多少遗落的片段与情节，在尘世深处经日影再经月影交叠成种种影像，它们有些落入尘土，有些化作清寂吟唱。这个夏日，风还是当年那般柔和，云也撕裂成一朵一朵又一朵，我们却是要回头才能找得到彼此，在时光之内，又在时光之外。所有依稀还在的想念、剧烈、不安，如一脉澎湃的音色，一直唱下去。

写张同学，其实也是写大家，谨以此文，献给我美 90 的 36 位兄弟姐妹。

就是要这样，在简朴的心意里，取一饭一蔬的暖，从繁盛的喧闹里，回归清净。

遇　见

下班时，隔着车窗看到他，花白的头发花白的胡子修剪得恰到好处，只是身上打着无数补丁的粗棉外衣在熙攘的声色里显得尤为格格不入，如果不是看他手上那只碗，那根拐，我一定会觉得，这不过是个清朴寡心的老人。

莫名被他吸引，摇下窗，风塞进脖子，我下意识缩了缩，又关上。

老人似乎看到我，他转过头冲我笑了笑，没有丝毫卑微，与羞怯。旁边有卖点心的小摊，放学的孩子雀跃着随家长涌过来，买手抓饼、油丸子，再撸几小串，空气里充斥着各种食品的混合味儿，说不上好闻，也说不上难闻。老人举了举那只碗，犹豫了下，便伸向人群。我仔细瞧了，碗很干净，他身上也是，甚至，连脸上的笑意也和一般乞讨有所不同。

因为洁净，似乎就不怎么讨人厌了。

果然，没有人避之不及，开始有人将买好的点心放一只进碗。老人收回碗，身子微微向前躬了躬，算是谢谢。随即转过身坐到路牙边一棵大树底下，头也不抬，大口大口享用起来，很满足很认真的样子。在他头顶上，摇曳的树叶儿在秋风里瑟瑟作响，又有斑驳稀薄的光影投在他身上，不知怎的，我看着看着就看出了一幅画，抽象，迷离。那些浸润在其中的色彩重重叠叠，曲曲折折，隐喻得，始终看不真实。

不知道他是谁，为何沦落到这般境地，却似乎又带有尊严，带有与年龄不符的纯真，和不涉尘世的干净，简直谜团一般，让人百思不得其解。

回来的一路，眼前总晃动着那一身补丁，深深浅浅的蓝，亦破亦乱亦风亦禅。自始至终，我们的交集也只是彼此一个微笑，澄明，温良。我没有施舍，他没有接受。隔着距离，深陷于一种空寂无味的观想。

一直在温暖的深处，又怎能解透世间凉薄。仅以这一番优雅的呻吟尽一点自己的意，来感喟寻常日子的难得，如此罢了。

春光很远，隔了一个冬，就仿佛隔到了光阴之外。什么时候，能够看春不是春色，看秋不是秋水，如老人一般，蜷缩一方天地，温饱即是幸福，那么，幸福就真的是幸福了。

就是要这样，在简朴的心意里，取一饭一蔬的暖，从繁盛的喧闹里，回归清净。

而我知道，时空流转，窗外依然激烈，日子有风韵有残败。

在无数个奔波和即将奔波的时刻，如果一转身，还能看到这位风烛残年的老者不卑不亢接受命运的消磨，大概，什么都可以放下了。无所谓欢喜，无所谓哀愁，亦无所谓繁华。只是不知，这样朴素清澈的日子，几人能得？

双手合十，不言不语，静成一段老时光，老到再也想不起今日的小镇，以及小镇上恰巧遇到的他，穿一身补丁的蓝，头发灰白，体面洁净，一手拿碗，一手拄拐，过着暂时，或永久那样的生活。

亲爱的嘉，谢谢你曾来过，以良善、以美丽、以纯真、以乐观、以勇敢。

嘉

天知道，我是有多想念那个叫“嘉”的女孩儿。可我知晓，她再回不来。

很多年前认识她的时候是在论坛，她是那种一“见”就会让人愉悦的女孩儿，热情、开朗、阳光、美丽，喜欢摄影，爱旅行，有很好的职业，会写一些诗意好看的字。总而言之，近乎完美。我们一见如故，相互回复一些帖子，言辞之间总能契合对方心意。我们也会分享彼此心情，好的坏的，并无禁忌。久而久之，虽未曾谋面，却早算是心灵相通的挚友。

其实，相隔并不遥远，不过是在小镇的两头，想见，分分钟的事。我忘了第一次见面是谁先约的谁，反正一起吃了饭，一起去哪里坐了坐，喝了几杯茶，聊了一些天。后来，我们又一起去看模特大赛，一起唱歌，一起出游。如今想来，那些时光异常珍贵。有些人，见一面少一面，原来是真的。

而和她一起的所有时光，都似一壁春光，尽情尽意。她是所有人的开心果，永远穿行在阳光下，你会忘了，这熙攘的俗世还有风霜、雨雪，还有烦郁、愤懑。偶尔朋友小聚，她总能适时给你添杯茶递个纸巾，她悉心照顾每个人的感受，妥帖得不着痕迹。

后来得知她生病，却始终不肯相信来势如此凶猛。我们去上海看她，她刚做完手术，原本白皙的肤色更显惨白。见我们，却笑得花儿一般，挣扎着起身，说手术很成功啊，我好幸运，你们不要担心。有人红了眼，她赶紧打趣，可不许那么没出息，我都没哭，你们哭啥。心里好生难过，那么美丽的人儿，躺在那里，消瘦得如同一触即灭的火焰，又似秋天的落叶。有些状况，发生或不发生，大概早已注定。所有人，只能眼睁睁看着，知道无回天之力。

我不知后来她又经历了怎样的痛苦，但我知道，这些都是常人无法感同身受的疼痛。看她微信圈，却从不涉及病痛折磨，就像从来没有病魔缠身，所有的呈现一如既往的美好纯粹。她晒她养的小猫，她种的小花儿，她画的国画，她去的某地，唯独没有她生出的病情。我第一次懂得什么叫笑对人生。她的世界，永远明亮、温暖、干干净净。一日一日，她只待在她的时光里安静若素，且独自隐藏着外人所不见的苍凉。

化疗，不停地化疗。头发掉了，眉毛也没了，可从未见过她皱一丝眉。康复期间，我们偶有过小聚，她会笑着拉我们看：

瞧我这眉秃的，像不像电影里的大反派？我是不是该画眉了？要不真吓着你们我可担当不起哈哈。我们再难过，也是陪着她乐，并不多加安慰。她那么冰雪的人，早已洞悉了所有，别人说什么都成多余。后来知道，她果然自己百度了很多关于这种病情的后果，也早已做好了一切准备。

一年，一年两个月，一年半，一年八个月……我们开始相信会有奇迹，她也时常在微信群里逗着大伙儿开心，偶尔会报告近况，轻松得像是生的一场小感冒。她说她化疗期间从医院偷着溜回家冲了个澡，竟然没人发现，她嘻嘻笑着，像得逞的调皮鬼，而我们都知道，她只是太爱干净，太爱美。她说她想吃饺子，我便趁她回去休养给她包了些送去，不一会儿她就发了微信过来实况直播，饺子下锅了，饺子出锅了，饺子进肚了，哇，饺子真是太好吃了，我吃了好多。其实，她哪里吃得了太多，只是不忍拂了意。

无望只会带来无望，衰败更会促成衰败。大家心照不宣，群里一概不问她的病情。每个人都小心翼翼着，唯恐言多必失有个闪失。可不该来的终究是来了，很突然的事。前两天还在群里嘻嘻哈哈，后两天就不见了。我记得那天正在乡下参加谁的生日宴会，群里突然传来消息，嘉，走了。他们说，再不见，再也不见。泪崩决堤。

那个爱花爱草爱生活的女孩儿，那个自始至终未曾叫一声痛的女孩儿，那个在病中还在琢磨送我什么颜色的围巾才合适的女孩儿，那个永远只会带给大家温暖的女孩儿，永远定格在这一年的圣诞前夕。光阴远去，你不再回来，如何说再见？原以为可以一直走下去，一起继续触摸天地草木，以及欢喜与悲悯。谁曾想，圣诞老人的鹿车还未赶到，你便化作天使去了远方。

亲爱的嘉，谢谢你曾来过，以良善、以美丽、以纯真、以乐观、以勇敢。如若时光能够回头，做个任性的女孩儿吧，开心了就笑，痛了就哭，无须那么乖巧，那么坚强，那么隐忍，那么让人心疼。而此后余生，亲爱的嘉，每每想起你，所有的记忆便都成了永恒。一想到此，真是让人好生难过。

第五辑

沿途有风

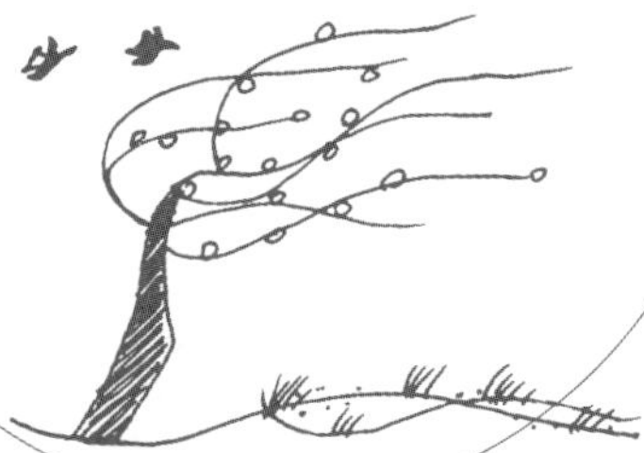

外面有风声、人声、车水马龙声，感觉世事安定。你看，只有沉陷，才算归途，而故乡，总是在自己的脚底下才最为踏实。看似孤独的老人，谁又能说他不正享有这种尘埃落定的幸福，寂静，如意。

这风雅，是江南的风雅，苏式的风雅。

江南深处是姑苏

对江南的定义多半在于朱楼、粉墙、素瓦、雕花、莲蓬，还有小桥、流水、寻常人家。所以，上海不算，上海太过繁华，奢靡得接近腐朽；六朝古都的南京也不算，南京过于厚重，令人敬畏多于亲近。但苏州是，且一直是我心中最为正宗最为典范的俏江南。同样一江之隔的其他地儿，仿佛都各自欠缺点什么，后来想，其实就是一种韵味。这种韵味，你只可意会，无可言传，它是苏州所特有的细腻、精巧、幽深、繁而不乱。

北方人看江南，远不如我们分得清：以江为界，南北有别。我有些北方朋友，提到气候，他们会说，你们江南春是春，秋是秋，真是好；提到姑娘，同样会说，你们江南姑娘，个个落得甜美俊俏。在他们眼里，江南等同江苏，江苏便是江南。而我在他们面前也乐得默认，以江南自居。

小米说，江南最好是流水。在绍兴同游时，她逢水必玩，童心泛滥，后来得知，在她们岢岚，举目皆山，像这样鲜活的长廊流水，以及长满青苔的河岸，仅是一份念想，也就理解了。扯这么远，其实只是想表达一下江南的特质。江南之所以是江南，因了三分古巷，七分流水，一入眼，便会生出一股柔情，让人难以招架。而苏州，大概就是江南之中的江南，无法逾越，更无可替代。

我对苏州的情愫向来已久。曾报考苏州工艺美术学校，初试通过，又去复试，小小的自己背着大大的画夹，穿梭于园林一般的校园，以为，江南便是如此了。后来没录取，我蜜却在第二年考取了这所我心仪的学校心仪的专业，而我彼时，已在师范美术班读第二年。我不知这算不算冥冥之中的缘分，指引着我们在此后七年，相遇，相识。

美术班三年，跟随老师同学时常外出写生。我记得第一站便是古镇甪直，那时完全不识“甪”字，查了字典才敢出声。此地临水起伏，错落有致。我们住的小旅馆更是傍水而建，窗外随处可见白墙黑瓦。斑驳久远的石桥三步一座，五步一落，成片成林，一览无余，却又全部隐秘在小巷深处，含而不露。旅馆对面檐廊挂有一串串红色灯笼，倒映水面，随波荡漾。那一刻，似乎对江南有了更深的认识。后又落脚周庄、南湖。不同的古镇，自有不同的妙趣。譬如，我们在甪直见到有阿姨在河的上游刷马桶，往下走，又会见到有人在洗菜，这样的生活习俗虽有些不可思议，但也自成一景，成为某种标志。后来在周庄，小坐沿河茶馆，看船来船往，优哉游哉。小木船从桥洞穿过，因了距离近，似乎能够清晰看到摇橹船夫脸上的皱纹里，隐藏着岁月留下的种种痕迹。老板讲，三毛曾经过来就坐在你这个位置。你看，一切多么美妙，我喜欢的作家，坐过我坐着的位置。

到底是过去了那么多年，曾经的江南行逐渐远了去，这些虚虚实实中，也留下模糊不清的一些轮廓。我甚至想不起曾经去过的园林里，究竟有些什么，还有虎丘，还有寒山寺，记不清了，真的记不清了，只知它们是苏州的一部分，却又彼此融为一体，连同所有的所有，被人唤作姑苏。

今夏，闺蜜邀我去苏州小住。她因在苏州落户，加上曾经又在那里读书，如今已算得老苏州。跟着她游玩，少了诸多不便，也去了很多外地人不常去抑或不知晓的地儿。而我知道，她已真正融入这座城，哪处好吃，何处好玩，早不在话下，驱车即达。我们去中茵皇冠，坐大厅听黑人歌手自弹自唱，又去奕欧来感受欧洲小镇般的风情，再去金鸡湖边吹吹风，尽管，那风是热的，但那景，清新宜人。诚品，钟书阁，更是心中潺潺流淌着的浮荡，去了，回了，是不一样的欢喜。不知你明白不，就像张兆和写给沈从文的信中说：乍醒时，天才蒙蒙亮，猛然想起你，心便跳跃不止。这种感觉，大概就是传说中的“一想到你啊，就很快乐”，说的也是我对那里的真心喜爱。

无论是古色古香的古镇，还是鳞次栉比的市中心，苏州的美，还真是浓墨淡彩总相宜。我们去平江路听昆曲、评弹，跟着吕成芳老师用吴侬软语学说“茉莉花、栀子花、白兰花，香是香得呢”，又跟着学做兰花指，一颦一笑，一招一式，仿若真正的江南美人儿。这风雅，是江南的风雅，苏式的风雅。

闺蜜说，也来这边定居吧，做邻居，等退休时，一起颐养天年。真是想得长远，可未尝不是一种诱惑，仿佛有呼唤，说来吧。嗯，谁知道呢，我这么喜欢，没准儿哪天啊，收拾收拾就走了。

岁月无论翻过几页，走过几条像横街这样的街，跨过几座江南水乡那样的桥，我们都会在时间里慢慢沉淀，慢慢成为越来越单纯的人。

横　街

在家切牛肉，想起年前在苏州葑门横街，与闺蜜踏遍整条街，才找到那家牛肉店。在横街，聚集所有新鲜食材，若要买什么，其实很是轻而易举。可闺蜜的公公在此生活过一段时日，点名告知哪家牛肉才是横街的不二选择。果然，姜是老的辣。虽找得辛苦，但后来买得称心，回头吃得也觉原汁原味。看来，生活需要亲力亲为屡次历练才能造就某些方面的高手，没有捷径。

葑门横街的集市模式在海安尚未见过，各式门面一个挨着一个临街对立，一条青石路蜿蜒隔开，悬挂的灯笼红彤彤一片，整条街有沸腾的感觉，就像日子，就像生活。更为称奇的是，大多店面的门头题字笔力深厚，如行云流水，各有各的韵味，简直就是艺术的展现。即便什么都不买，就在街头走一圈，也有被洗礼过的清澈明净。倘若再来点昆曲小调，或苏州评弹，你一定会有穿越之感，那是某本书、某部影片才有的似曾相识度，是典型的江南古典美。

见过卖糕的阿姨，也见过卖虾卖鱼的小伙子，似乎无人擅长吆喝，只是静静坐着。偶尔做点自己手上的活，不急不躁，人来了眼神招呼，人走了挥手相送，至于讨价还价，也如同一场私语。或许是吴侬软语本身温糯，又或是苏州人天性婉约，总之，无论哪里停留驻足，都是一派祥和，秩序井然，偶尔有争执，也是软着来。不似北方，生性豪迈，无论说什么做什么，皆风风火火，似乎全无隐藏着的内敛。我觉得有趣，仿佛行走在另一个星球，东张张西望望，哪儿哪儿都好奇，哪儿哪儿也都想各买点儿。入乡随俗，后来左手绿糕右手爆鱼，一路走一路往嘴里塞，直到撑得不想再吃，才算过了瘾。

横街也不全是卖菜卖副食品，也有奶茶咖啡这样的时尚小店，但隐匿在街头某角某巷，稍不留神就不会被人发现。我不是特别明白这样的市口如何生计，但后来想，横街上的人，多半是在横街上行走了几十年的老街坊，无论哪一块，他们都会熟络得跟自家似的，所以，市口的好与坏，并不影响他们的生意。许是快过年，几乎在每一家的店铺前，都能看到密集的人群，他们有带着娃的年轻父母，也有挽手搀扶的老年夫妇，很多人用了小拉杆，上面载满年货，荤的，素的，一一俱全。我甚至看到一位背着双肩包出来买菜的老奶奶，包里冲天竖着几根大葱赫然显目，走一步，晃三晃，可爱极了，惹我跟着盯很久。

苏州的葑门横街是市井的，但绝不是普通意义上的市井。

从街头至街尾，那么长的青石路，仿佛怎么走也走不尽，人却没有匮乏感。“我们现在过着普通的生活，有时间就做做饭，喝喝茶。”这本来是我的理想生活，但这里似乎人人都在这样的状态里享受着这样的慢生活，内心平静，与世隔绝般，自身有光亮。能够亲眼所见，亲自过来走一走，感觉亲切。总觉得街头拐角，或者下一个路口，会遇见久别重逢的人。

我不是第一次来苏州，却是第一次来横街。我闺蜜生活在此时，时常会来这里买新鲜的蔬果，所以，她应该算是新的老苏州人。自然，与她一起在这里，我便是个无须动脑的人，简单知足。岁月无论翻过几页，走过几条像横街这样的街，跨过几座江南水乡那样的桥，我们都会在时间里慢慢沉淀，慢慢成为越来越单纯的人。而这，显然葑门横街见证过。

和这里说再见的时候，红花绿树依旧，蓝天碧水依旧，良辰美景依旧。唯有知道，有些美好不能占有，只能行游。

古镇新场

若不是循着某个契约，我想自己不会去这样的古镇。无论是在记忆里，还是在书本中，于我，它都是陌生而遥远的。

我去过一些古镇，同里、周庄、角直、乌镇……它们各自有味。世界大同，我有我的小清新。新场，显然也不例外。

每个喜欢旅行的人，大概都会向往远方之外的更远方，而我，不过用三小时的行程来到这里。无法追溯它的历史，甚至挖掘不出它有多少动人的传说，一切与想象中不甚一样。新场不大，谈不上阡陌纵横，无非南北东西两条河流贯穿了整条街，街道笔直，站立任何一座桥头都能够将街景一览无余。好的，坏的，我们都将一一呈现给彼此。

因时间宽裕，让我完全可以在两天、两个不同的时段来充分靠近，走进与体悟。第一天来，是在晌午，盛夏酷暑，即便透过枝叶缝隙，阳光也是毫不留情扑面而来，斑驳，且炽烈。路上没有太多行人，偶遇游客，也都是可以将他们与当地居民明显区分出来的。沿河两岸店铺大多闭门营业，里面打着充足的冷气，只有透过门襟玻璃才能知晓具体营业什么，如果单凭店名是无法猜测的，它们大多含糊而文艺。譬如“201314”是一家餐厅，年轻人爱聚这里，情侣尤甚。譬如“般若”为一家旅馆，红火得需要网上预订。譬如“泼彩楼”，因为暂时停业，木门紧锁，我至今不明就里。也见过简洁明朗一目了然的，如“英子摄影”。诧异它与自己同名，一时激动起来，内心小有澎湃，仿佛自己的前生今世是在这里出生，成长，生活，老去。

这一趟，因高温行走潦草，街头巷尾，一带而过。

第二天早早起，步行穿过古镇长廊，决意不再走马观花，开始仔细端详这座小小古镇。轻挪慢走，唯恐惊扰它的好梦。亦步亦趋里，恍若隔世，不知自己穿越至何个年代。四下顾盼，难免失了骄矜。就着晨曦，天气没那么炎热，古镇老人三三两两地各自成群，聚集在街道的各个阴凉处，他们或倚立亭台，或坐于桥墩，摇着蒲扇，优哉游哉。他们说着我听不懂的方言，听着我辨不出的戏曲，有时也会咿咿呀呀跟着清唱两句长调，画面恬静，饱醺凡俗烟火，分明又那么远离尘嚣。偶尔见小猫小狗从身边经过，都是极其乖巧的，你只要唤一声，它们就会驻足，任由你抚摸逗趣，完全一副见过世面的小模样，不羞涩，亦不张扬。

整座小镇真是内敛沉静，不显山，不露水，你来或不来，它都静默如初。想，若真有啥旧人旧景旧故事，也都该随光阴风干了吧。

有那么一刹，心中的安静与孤独得以安生。感喟，人生能如此清清静静不吵不闹相安无事，真是美好。轻哼你曾爱的歌，用一杯咖啡两杯茶的时间，什么也不想，两手空空，继续观光移步。其实，有很多的事在哪里都可以做，只是在这里，突然就觉得岁月静老，风雅长存了。虽不知下次何日再来，但记得一句：世上所有的相遇，都是久别重逢。而就这么走走停停，确有似曾相识感啊，你看，路边开着的小花儿，天空飘着的云朵，以及随处可见的琳琅旧物，无一不让人想起老家，忆起童年。若就此落地安家，一间老屋，一口井，一个你，一个我，一生一世，大概也是愿意的。

来来回回，渐渐放空自己，渐渐，从平庸的日常暂时逃离，从喧闹的市井慢慢走出，来慢慢领略这里的古朴孤静。倦了，随意在某家茶馆落座，叫上一杯好茶，装作好茶人，度一段闲惬时光。当然，也会莫名就想起过往沉浮，感叹人生无常与世事难料，以及那些点点滴滴的小甜美，小忧伤。说得出的，说不出的，都在这里。然后续上一杯，和陌生人话话家常，说天气真是炎热，说秋天很快到来。整个过程不痛不痒，亦无关风月。再然后，一晃，就是半天。

听谁说过，每个人的他乡，无论远近，不过都是另一些人的故乡。生活真是耐人寻味，有时清淡，有时浓烈。当然，这不重要，你只要紧跟它，随遇而安就好。行走如我，在新场，执意收集琐事碎片，也收获各种心情。一路，看沿途穿着紧身背带裤的外国大叔，骑着单车吹着口哨悠然而去；看穿过弄堂的风，吹落悬挂已久的蜘蛛；看两只追逐嬉闹的喵星人，绕过三棵树，蹿上跳下，身姿轻盈；看各式各样的花儿，红的黄的蓝的紫的开满了墙角屋檐……想这林林总总必定都在日后生根拔节，成为自己富足的谈资，不由莞尔。

已然忘记来时的目的，或者说，这原本就是一段漫不经心的旅程。感触如是，心下惘然。和这里说再见的时候，红花绿树依旧，蓝天碧水依旧，良辰美景依旧。唯有知道，有些美好不能占有，只能行游。于新场，我不过是过客一枚，不算归人。聚散随缘，从此刻下隽永，深深记住这里的一切。

如果说，每个人的心中都有一处“桃花源”，我选新场。在每一个想出去转转的时候，无论春夏秋冬，都可以随时来场说走就走的自驾游。它不在远方，但它却是我心中的最可亲的他乡。

哪怕是一道风烛残破的旧门槛，一扇残缺却又依稀可见上面雕花的小木窗，都有着说不清道不明的调调，这种调调，是正宗扬州的调调。

扬州小记

总觉得，扬州的地理位置有些尴尬，江南不像江南，江北不似江北，心里对它颇有微词，想象不出“烟花三月下扬州”里的繁盛到底有多繁盛。而杜牧写下“二十四桥明月夜，玉人何处教吹箫”，也仅是让我觉得扬州的前生才算真正的扬州。而今的扬州，要让我说出它有怎样的独特，或者说，有怎样令人叹为观止的大手笔，感觉为难。

我们看待一个地方的意义，往往会去挖掘它的历史，这点，扬州无疑是有的。纵观来看，扬州之所以成为一代又一代文人的栖息之地，除了它是二水交汇的富贵城池，是千年繁盛的商业宝地，更是安逸典雅的温柔乡。不然，怎会有那么多名家，留下那么多脍炙人口的千古绝句。可惜，我至今仍旧以为，它们都是历史长河中的璀璨，只照亮了彼年的扬州城。

和苏州相比，扬州整体显然不够鲜活，不够精巧，没有真正的江南风貌，“楼台俯舟楫，水巷小桥多”，没有的。相反，街头略显凌乱，人也横冲直撞。我带老华过斑马线，明明绿灯，身边却是迫不及待右拐的车辆，贴着你开，分毫不让。这让人心情尤其糟糕，心里倒感叹起自己的小县城好来，几乎没有不让行人的司机。

或许是因为太近，不过一小时的车程，我先后几次来过扬州。我们当地也有人喜欢赶早过来吃个早餐，传说，富春茶社的早点晚了就会吃不着。今年和弟弟一家带老华过来玩，一早也是去的富春茶社，点心没有想象中那么好，过于偏甜，但水煮干丝真的不错，刀工精细，清淡味雅，我们吃完又上一盘。

去过瘦西湖，二十四桥仍在，不知是不是因为天气炎热，没有络绎不绝的游人，偶见三三两两的结伴，反倒有了份悠闲。我对所谓的著名景点均不感兴趣，感觉往事还是如烟好，它们属于过去。那些景点，是该尘封的故事。但我爱所有被绿植覆盖的地方，所以，堤岸两边，三步一桃，五步一柳，桃柳相间，甚是合我心意。我一路拍摄，大概都是追着它们走，有时是些相识不相识的花朵，有时会是蜿蜒盘曲的千年老树根。总之，能让我生出一股柔情的，就是这些小细微。那么，对于扬州的某些感觉，也就因着这些局部慢慢缓过来。

当然，扬州也不都是落拓的，平庸的。去个园，还是被吸引了。只是我们去前闹了则大笑话，那天恰逢大雨，我们从宾馆出来，说打车吧。因前天逛东关街，看到个园的后院以为离宾馆有好些距离，为避免淋雨，打车自然是最佳选择。后来上车得知，个园真正的大门离宾馆实在是近，步行两分钟而已。而司机送我们过去，半分钟即达。于是，我们付了真正意义上的起步价。

个园很是幽深，外面看起来压根不显山不露水，真正含而不露的那种。但只要进园，就会招架不住，粉墙，素瓦，朱栏，飞檐，假山，院落，还有处处可见的竹林深深，越往里走，它的细腻之处就越发明显，一处有一处的典故，一处有一处的雅致，窗棂上的木雕，生出青苔的瓦片，斑驳久远的青砖，角落里不起眼的小草……天啦，这才是我心目中的扬州，真正清净的地儿。哪怕是一道风烛残破的旧门槛，一扇残缺却又依稀可见上面雕花的小木窗，都有着说不清道不明的调调，这种调调，是正宗扬州的调调。

我原谅了在扬州的一些不尽人意，开始接纳，以及欣赏。后来，我们又去了一些景点，以及一些不知名的古街小巷，我们去那些小店淘宝，也去不起眼的小饭馆吃正宗的淮扬菜，无论去哪里，都能够真切地体味来自那里的清幽与平和。或许，有些缺憾、有些瑕疵、有些不如意的生活才最为真实。扬州，始终不是精致的扬州，但它的味道也是别处无可复制啊。就像，有人爱麻辣，有人喜甜品，这各自的好，也得各自对味，才好。若此生，你不去扬州一回，也有可能，是莫大的遗憾呢。

愿我们的心，我们的眼，随时都能在时光流转里敏悦如初。

小确幸

从地铁口出来，晕方向的我，实在辨不出东西南北。曲在一旁盯着笑，随即领我七拐八拐，上了天台。他是值得依赖的孩子，一路少言寡语，偶尔会问一句，渴吗？或者，你想去哪？确定要走路？我常有幻觉，他不是我的孩子，只是从遥远的星球过来陪我走完这一生。可是，他又是那么像我，又宅又静，抱有一份特有的清新和美好。我有时词不达意，他却总能心领神会，真是难以解释，我说的，他都懂，不偏不倚。

街头的梧桐树葱郁浓密，铺天盖地的绿，因了这座城市的历史，处处隐现醉人的旧光阴。走着走着，我搂住他，就像他小的时候，走着走着就会过来抱住我。很久没有如此亲昵，却在一座陌生城市的街头，自然得如同一直如此。旅途的意义，有时并未是去看什么风景，住什么特色酒店，而是，你知道了身边的人，一直都在，有爱，有光。

我们缓步慢行，并不急着赶路，且认真打量四处风光，对陌生人礼貌、善意的微笑，甚至，给偶遇的流浪猫喂手上的食物，看着它们一点一滴全部吃光。仿佛，我们从很远的地方来，就是为了这样的遇见，而具体去哪里，一点儿都不重要。有人说，一个人行走的范围，就是她的世界。其实，世界无所谓大小，你也不是为了炫耀，你想走多远，就多远。反之亦然。

生命要浪费在美好的事物上，就像，体重一定要浪费在美味的食物上。这一点，我和曲并无异议。他带我去老门东，说那边小吃超多，比夫子庙更有味道，每一家有每一家的特色，有的精致，有的相对传统，应皆为我所喜。他在这边读书几年，自然比我要熟识很多。索性不动脑，跟着他走，关键时刻，他是我最精准的导航。所以，整个行程又随意又舒适，自由自在得，如同我们就是当地人。

他知道有家台北小站的芋圆好吃，知道有条深巷里鲜肉烧饼特别有名，常常需要排很长很长的队才能买到，还知道一家不起眼的店里，是整条街上汤包做得最好的，料足汁多……他开始像个大人，带我四处觅食。他说，这些虽是小吃，但都是极有特色的，包你不悔。他说的样子，就像面前站着的，是懵懂的孩子，语气坚定，温柔。

成长真是有迹可循，我诧异，曾经的那个小小孩，就这么长大了。

那天我吃得过撑，撑得快走不动路，我们停在路边数两边的路灯，一盏一盏，又一盏，数着数着就乱了。可是真是开心，那种温暖的感觉，就像充满花香的蜂蜜洒在心上，可以清晰地感受到，它在流淌、漫溢。这样的小快乐，足够抵御生活偶尔的无趣和日复一日的枯燥，无味。城市里的人们行色匆匆，我们恰好悠闲，简直妙极。

生活从来不缺这样的小确幸，不是么？愿我们的心，我们的眼，随时都能在时光流转里敏悦如初。《兰格汉斯岛的午后》里有写：如果没有这些小确幸，人生只不过像干巴巴的沙漠而已。而我能做的，就是记下它们，时刻提醒自己，世间万物，花是花，草是草，无论发生什么，要坚信，没啥过不去。

你看，只有沉陷，才算归途，而故乡，总是在自己的脚底下才最为踏实。

一座城一些人

“去不了的地方都是远方，回不去的土地才是故乡”，路过老街一户人家，听到里面传来浑厚的男中音，中间夹杂着刺耳的电流声，呲呲滴滴作响。很少有人听收音机了，我留意，那是位老人，很老很老，坐在屋内靠门的藤椅上，一手托着收音机，一手端着玻璃茶杯，两眼微眯，似睡非睡。那藤椅已是老旧老旧，如同它的主人，哪儿哪儿都显岁月沧桑。我不确定别人是否和我一样，看着一热，听着又是一热。孤独的老人，听着隐约伤感的朗读，在那样一个风不和日不丽的黄昏，轻易地，瞬间温热了我。

我生活着的小城，花木欣荣、雀鸟自乐、处处安然又自在。各路小吃，各色景致，是盛大的落定。这看似日日可见的烂熟俗常，却也要用心用意才能体会它的好。我曾经长篇阔论写过县城“双桥曲径”与“东洲公园”两处小景。写它们，是觉得在某一段时日，它们就是这座小城的地标典范。而时隔多日，以及，时隔多年，这座城市早已焕然一新，马路越来越宽，河道越来越翠，新景，新天新地，在历史的更迭前行里频频崛起，这两处反倒成了寻常之地，仿佛遗落世外的暗洁，兀自芬芳。江淮文化园、韩紫石故居、七星湖生态园、中洋河豚庄园、青墩遗址、里下河湿地文化公园……家乡有太多值得一去，又值得一写的地儿，它们每一处有每一处的风姿绰约，每一处有每一处的精彩纷呈，一处一景，一景一观。

我的小城，既有干净欢腾的街市，也有幽静深远的古巷。无论你迈向哪里，都是一派清灿之色，偶尔，风吹过，偶尔，有叶落。它的气息，它的味道，它的颜色，它朝朝夕夕的旧颜新貌，都是触手可及的温度，一年一年，百转千回，所到之处，皆为喜气。我一直想要的，其实也就是这样简单、朴素、热腾腾的生活。而我的小城，恰好喧闹中有静谧，繁华中有内敛，同时，又完全能够满足我这吃货的所需所求：西大街的馄饨、通海的烧饼、团结桥的臭豆腐、城北的米饼、中大街的煎包以及青墩闸蟹、河豚、糯米陈酒、麻虾酱……如果再延伸得远一点，还有曲塘的羊汤、沙岗的猪头肉、老坝港的海鲜……说走就走，开辆车，来去极易。你看你看，生活在鱼米之乡，哪管得了什么身材胖啊瘦啊，尽情好了，放纵好了，这贴着烟火的诱惑，教人如何抵挡。

这么好的地儿就在身边，我又这么宅的人，自然就很少再想去什么远方，只一心在这片土地上认认真真地浪费着自己的生命，无论快乐，或不快乐，都深感意义非凡。即使偶尔去了下别处，不过三日，便在隔山隔水的距离里开始描摹、念想小城的一切，只想打道回府，无心再留。

无从知晓，那位听收音机的老人一生去过多少远方，如果去过很多很多的远方，那么，他一定比我更为深切地知道这片土地的厚重，与情深。他坐在那把磨得油亮发光的藤椅上，听着“回不去的土地才是故乡”的男声，内心一定汹涌着，又沉静着，任由某种情愫发酵，然后断裂成欣欣然，庆幸自己正稳健地坐在故乡的小屋，叶儿将落，终究归根。外面有风声、人声、车水马龙声，感觉世事安定。你看，只有沉陷，才算归途，而故乡，总是在自己的脚底下才最为踏实。看似孤独的老人，谁又能说他不正享有这种尘埃落定的幸福，寂静，如意。

心有斑斓，处处是斑斓，无论是衣食，还是住行，这里的好，大概只有长久居住在这里的人才会真心懂得啊。那些远在他乡的游子，恐怕仅能念着“露从今夜白，月是故乡明。”来思念着家乡这片土地吧？而这片土地，似乎早就融合于光阴，我觉得这是一种圆满。若再能沉静着且心意葱茏纯粹的老去，就像那位老人，在熙攘的街景里旁若无人、悠然自得，看似孤独，实则是多么幸福。何况，在小城不远的距离里还住着那么几位可心的朋友，能够在沉闷或欢愉的日子里，在不想一个人独处的时候，随时小聚一起，喝喝茶聊聊天，日光倾城，一起倾尽一个下午，这实在是美妙得不行。

低下头生活，用力爱这片土地，用力爱这片土地上的人，是我对这里的承诺。一座城，一些人，唯有故土不可辜负。

桥，还是那桥，曲径，也还是那曲径，在朦胧的夜色里，在温柔的灯影中，渐渐沉睡。

双桥曲径

“双桥曲径”地处人民东路，久闻由名家题字，于是慕名前往。但见两座小桥玲珑别致，桥墩上有莲座，桥栏雕刻一些祥云纹样，清新禅意。桥的一侧便是那个四个大字，遒劲洒脱，在夕照之下熠熠生辉。站上桥端，风轻云淡，极目天舒，难说此时的我不会成为别人眼里的风景。桥与我，我与桥，在天地之间如此契合。而两座桥的辉映相伴，一南一北，从未曾离开过彼此的视线，年复一年，日复一日。如果说世间尚有亘古永恒，我相信，它们会是历史长河中最坚贞的典范。抚摸着它们，如同穿越时空，在唐诗宋词里赶赴一场盛大的宴席。

出桥转弯，才发现别有洞天。远处传来鸟鸣声，在苍翠浓郁的竹林，忽高忽低，隐约，有些缠绵。三月的风，你一定愿意屏息倾听一回它们的呢喃。而竹林背后，则青砖碧瓦，一派古韵，仿若回到明清。竹林间，是几尊铜雕，“海安龙舞”“挑花担”“面塑·糖塑·砖雕”“海安花鼓”，均为本地民俗风情。他们姿态各异，或动，或静，眉宇间透出的是祥和，快乐，那是一种在幸福生活中才有的宁静，安好。最喜“面塑”一组，老人面容慈祥，手捏面团，动作娴熟，却不慌不忙。一旁的小子满脸期待，垂涎三尺的可爱模样，令人忍俊不禁。一同前往的朋友调皮地站到老人身后，侧身问：老人家，累不？是否要我帮你敲敲背？说完兀自抡起粉拳轻轻敲起，惹我一旁乐翻了天。一阵风过，竹林沙沙作响，如热烈的掌声，在春寒料峭的河畔回荡。

闲庭信步，踏入小亭。想必，这里便是“双桥曲径”的曲径。果然，左拐右拐，一步一景。亭台依水而建，小歇之时，方可听得潺潺流水声响，偶尔还会看到来往船只繁忙的身影。如若诗兴大发，不妨借王勃的“闲云潭影日悠悠，物换星移几度秋？”附庸风雅一下。亭内有石桌石墩，据说，好棋的老者们常常会在午后自带茶水过来厮杀几个来回，往往没多久，身边就会聚集一帮观棋者，小亭的静幽很快被打破。盛世繁华，不过如此。

百转迂回，是悠长悠长的廊坊，朱梁丹椽，古色古香，置身其中，一直疑惑是否身处江南。我怀揣的梦想，与浸染醉意的墨色相望，转瞬落款成青色的印记。明明还是有些残霞余晖的，却有了行走长长雨巷的意犹未尽。偶遇迎面而来的小情侣，无视我存在的相拥、热吻。廊坊见证了他们的你侬我侬，呵，年轻真好，唯愿爱情始终光鲜。

随意落座，忽见上方悬挂着的宫灯，一盏盏，丹青着色，妙笔生趣。而廊柱间的方格雕花，工艺精湛，赏心悦目，无论从哪个视觉，都极具江南韵味。仔细聆听，街道对面，是东大街热火朝天的建筑工地搅拌混凝土的机器轰鸣声，中间不时夹杂工友们的吆喝声，喧闹鼎沸。而这里，就尤为显得寂静，安然。仿佛与城市格格不入，更仿佛与世隔了山、隔了水，却又能够使人轻易就在尘世的纷扰中得到一次心灵的回归。坐在这里，什么也不想，什么也不用想，只是静静地看夕阳慢慢沉落，让微醺的风拂过脸庞，任由思绪游离。

长廊其实也不算很长，用脚步丈量，由东到西，由西到东，都只不过几分钟的距离。踩着木板，偶尔咯吱一声响，就有了很古老的感觉。遥想当年海安众多的文人墨客，是否也曾如我今天一样，在“双桥曲径”间寻求一种归隐安逸。而我循着他们的足迹，在临水河畔，在这亭台楼阁间，似乎看到了历史的恢宏，看到了海安小城从古至今翻天覆地的变化。一切都还在，一切又是那么不同，岁月流逝里，这里沉积的是一种文化，是一种信仰。

不知不觉，暮色笼罩了大地，华灯初上，街上霓虹不断闪烁，试与星空争辉。远远看双桥，在幽兰的光影衬托下，竟有犹抱琵琶半遮面的羞涩，婆娑里，摇曳着不夜城的风姿。桥，还是那桥，曲径，也还是那曲径，在朦胧的夜色里，在温柔的灯影中，渐渐沉睡。

它像时光里一个掩帘而居的守护者，守护着这座城市逐渐消逝的几份闲情。它更像一位沉睡千年的灰姑娘，只等王子打马而来。

东洲公园

东洲公园地处三角洲，沿人民路一直向东，拐角即到。并非远离市区，加上门口有题字，找起来极易。徒步进里，却被大门的设计所吸引，不过是普通文化石筑成的围墙，却因在其间留了几块墙洞变得异常生动，这动中有静，静中有景，随着脚步的移动变换园中不同的景致，或绿草缠绵，或曲径深远，或高塔耸立，或树木成荫。

许是尚未完工，园内人烟稀少，偶有孩子牵着大人的手闲适而过，也有追逐打闹的小情侣身边跑过，瞬间不见踪影。我喜欢这样随便走走，又不会走丢的感觉。累了，路边的长凳坐坐，恍若在异地他乡，无人相识，或寂寞，或华丽，只为自己绽放。

揽翠桥东西横跨，有典型的海安特色，雕花桥墩，桥墩与桥墩之间也是分别雕有代表春夏秋冬的吉祥花卉，整座桥颇有些文化韵味，一如沉淀了几千年的海安人文。伫立桥上远眺，城区的繁荣一览无余，新式建筑，车水马龙，被隔绝的大概仅是鼎沸人声。而桥下，则是波光粼粼，倒映着两岸旖旎风光。前来钓鱼的多半是些老人，即使战利品上钩，也是淡定自若，轻拿轻放，唯恐惊吓了水中的鱼儿。

下了桥，又是一番新天地，仿若步入画境，美不胜收。桥左，有一木架廊棚，我不知完工之后是否会种上一些藤蔓之类的植物，诸如爬山虎、葡萄等。原木支架，青砖素墙，加上四季变换的植被，想必会有些风情吧。再往前，曲径通幽，行至尽头，豁然开朗，五座造型别致的游客休息亭赫然并立，晴天遮阳，雨天避雨，实用与景观融为一体，协调得那般完美。用手机拍下廊棚，也拍下这些休息亭，同时，还拍下了自己走过的身影。

在园内，时间是缓慢的，以一种波澜不惊的姿态流淌过去，带着一种理所当然的疏离与慵懒，走着，走着。路边，开满了花儿，红梅、桃花、蝴蝶兰……一株株，一簇簇，在春天里竞相开出了满池欲望。这花朵里，全是诱惑的香气，步步紧逼，无法抵抗。风起，一波一波，不浓，不烈，恰到好处。翠绿的枝头，嫣红的花朵，安分、妥帖，一如此刻沉静下来的自己。

竹林，是园内的又一大景观，应该也是我在海安见过的最盛大的，青翠欲滴的竹叶儿密不可分，它们在风中轻轻摇曳，淅淅唰唰的碰撞声仿佛会击破世间所有的失落，分明就是抚慰心灵创伤的天使，让人不免心生感动。林间有鸟穿梭飞舞，不时传来清脆的鸟鸣，这鸣叫声也是久违了的，来自童年的乡下最纯真的记忆里。若能暂时忘却都市的一切，且居这里，日出而作日入而息，感受难得的清净，与安宁，淳朴，简单的生活，该是不错的选择。

梦游般的走走停停，转眼夕照，公园在落日的映衬下，更加清净恬淡，有桥有水，有树有林，有花有草，每一处有每一处的风姿绰约，每一处有每一处的精彩纷呈，整个园子小而精致，一处一景，一景一观，既有小家碧玉的秀美，又不失大家闺秀的风韵。如果你想要一个热闹绮丽的行程，你一定不要来这儿；如果你想增加一张能够吹嘘的标签，也千万不要选择这儿。这里，静默，些许隐秘，不适于晒于喧嚣之下。它像时光里一个掩帘而居的守护者，守护着这座城市逐渐消逝的几份闲情。它更像一位沉睡千年的灰姑娘，只等王子打马而来。

谁说风景在别处？无须离家远行，闲暇时，就去东洲公园走走，或许你会领略一番不是江南胜江南的风韵。水塘清冽，花草繁茵，羽禽栖息，好一幅天上人间，好一幅诗情画意。

我从来没有如此期待过，比期待一朵花开还要期待，比期待一场雪落还要期待，甚至，比期待让人温热的情话还要期待。

小城有馆

那时还没文化艺术中心，一些画展书法展通常都会在图书馆进行，进出那里便是自然而然的事。有时是去观展学习，有时也有私心，看看有无父亲的书法参展。若有，去图书馆的次数就会多一些。父亲说，那些作品展完必须取回，你近，你去。

搜索记忆，与图书馆最初的接触便是从这一次次的作品展开始的。后来，我总是奇怪，还算爱书的自己，为何在当初N次进进出出里，竟没有真正跨进图书室半步。某种意义上说，这是极其矛盾的，大多时候更乐意买着读。说不来，只是偏执地以为，旧旧的馆里，图书大概都是些旧旧的，破损不堪的，就像所有形式上存在的书馆那样。可是，去那里的次数递增不减，下意识的，感觉只有在那里，才可以于灵魂里筑巢。有时，也只是纯粹过去走走，坐门前台阶上看云层变幻、看树影斑驳以及对面马路上川流不息的车辆、人群，感觉时光静好，世事如常。

与其说，我与图书馆有自然的亲近感，倒不如说与书向来不疏离。说到底，你只有沉浸其间，才觉自己分明洁净，所有的尘世纷扰，姑且抛一边。苏说，这算什么？置身世外，不管不顾，是逃避。或许是吧，自幼腼腆羞涩，与人相处隔阂，书是最好的堡垒。你看着我静，却不知一颗心早在书中起起伏伏，排山倒海了多少回。所以每到一座城市，必定要寻当地最好最有特色的书店、书吧、图书馆。看多之后，自然心生奢望，生活着的小城，若有类似的，多好。

后来拥有小城图书馆的借书证，纯属意外。参加义工联活动，带盲人朋友在那听电影、识盲文，教他们上网、语音聊，临了，所有志愿者获赠借书证一张，说随时可来借阅。即便对于从来没进这里图书室的自己，这份馈赠也是欢喜的，于是欣然接受。终于，第一次非常正式地踏了进去，这才知道，所有的景象并不是我想的那样，那些书籍，齐齐整整，唐诗宋词，世界名著，连同一些剧本啊，工具书啊之类的，应有尽有。管理图书馆的人从不大声说话，来此地的人也是，整个空间安然恬淡，又带雅气。借书的，还书的，秩序井然。有陪孩子过来的年轻父母，也有三两结伴过来的同龄人，来来去去里，我嗅到一种熟悉的味道，那是我每走过一座城市，都会随之追寻过去的书香墨香。

从那起，陆陆续续，借过很多书，沈从文，梁实秋，汪曾祺，毕淑敏……我确信，一定是那些书籍滋养了自己，我开始学着动笔，开始以文字为被、以文字为剑、以文字为垒、以文字为爱，将一腔无法释怀无法安放的情意，放逐在碎碎落落的文字里。那些字，最终落在纸上，也有了墨香。就像每一本我借过的书那样，最终装帧成册。当自己的散文集《半棵树》出版，特地给图书馆送去留存。我记得那是一个午后，阳光有些耀眼，图书馆的窗台开满了旧夏的花朵，有女孩儿拿本书在有阳光的窗台边，站在一侧的阴影里翻看，随意，随性，某种气息，像极了自己。

知道图书馆要拆迁重建时，有些小失落，却又暗自期盼，将自己隐在一段时光里寂寂地等，就像去等天色清明，季节泛青，知道一切迟早会来。也许，待它落成时仍旧不是想象中的模样，但知道一定会赋予新的生命重新回归。我从来没有如此期待过，比期待一朵花开还要期待，比期待一场雪落还要期待，甚至，比期待让人温热的情话还要期待。

所有的图书馆，都是为了在我们的世界里打开一扇门，照亮一条通道。如今读书的途径虽多，但真的没有哪里会比在图书馆里读书让人倍感踏实，且有归属感。谢谢所有在那里的时光，一沉沦再沉沦，无论是观展，还是读书，都是曾在生命不可缺失的暖。而时光也不会辜负每一个用心等待的人，我知道，小城图书馆，正以它自己的步伐，向我们走来，你只需要耐心等一等，再等一等。

要过年了，红红的灯笼挂起来，红红的对联写起来，红红的“福”字，请到家里来……

中国红

相对整个暖冬来说，那日着实有些寒意，零零星星的雪花过后，倒也能够积上薄薄一层。院里种着一些极其耐寒的绿植，暂且未有萧瑟破败的惨烈状，缠绕的依旧缠绕，舒展的依旧舒展，透透亮亮，静默安笃。藤月似乎得到春天的召唤，躲在栅栏后面陆陆续续抽出新叶嫩芽，干净而幽静；水仙没能等到春节，呼啦啦开成一片，明晃晃得十分耀眼，提早散着人世的温暖意。站在院中像是站在四季边缘，来来回回，甚多错觉。哦，快过年了吧？我有些恍惚。

直到友人敲门，又递过一张卷好的中国红，方才醒来。刚写的“福”，经过你这里，怎么着也得给你送福过来，快过年了，讨个吉利。他说。喜滋滋接过，他便随即起身离开，说车停在路边，年底人多事多，赶紧撤退。明明儒雅淡净的人，此刻却是脚下生风。想来，这是“年”的魅力，足够让人沸腾。

大红的“福”字贴在明眼处，瞬间有了年的味道。友人是颇有些名气的书法家，笔迹遒劲，行云流水般，一字，便成一画。而我觉得，这大概是岁末最为隆重的一笔，一个“福”字，仿佛要将这新旧交替的时光全都揽尽，然后幻化成所有的美好，钻进所有人的心房，无问贵贱。年到福到，满目青山，载月明归，这是何等的美妙。仿佛一道圣旨，要让那些破落的、颓败的、不堪的隐忍磨难沮丧厄运……统统随着这潇洒的“福”字一笔勾销。从此，就是新天新地。从此，全部蕃盛明媚。这么一想，心悄悄热了。

后来，驱车需经过城郊一座小桥，远远看到桥头有几份熙攘，路灯上悬挂着的，地面上摊摆着的，以最风情的姿态诠释着什么叫作中国红，什么叫作过大年。红灯笼，红鞭炮，红对联，红喜帖，红“福”字，大大小小，长长短短连成一排。人们似乎沉沦在某种剧烈的欢美中，竟然没注意我的车正缓缓驶过，不避不让。傍晚的天空有些阴郁，四周田野空旷辽阔，唯有那座桥，以及那座桥头的人们，别无他事般，只倾心倾意着准备迎接新的一年。忍不住靠边停车，下来询问一串灯笼的价格，又在各个摊头驻足停留。它们真是好看，纯粹炽烈得如同这热腾腾的生活。想起曾在江南水乡住宿，对面檐廊也是挂有一串串红色灯笼，倒映水面，随波荡漾，不知怎的，彼时虽是初秋，却莫名感到有股年味儿。于是选了两串没有任何图案的，传统的技法，纯正的中国红，满足而归。

小院儿除了满目的绿分不清春夏秋冬外，也就平常的小院儿。可当两串红红的灯笼挂上时，红绿分明，一派喜庆。来往经过的人们会停下看一看，再嘟囔一句：哎呀，灯笼都挂上了。有人附和：要过年了嘛。是啊，要过年了，红红的灯笼挂起来，红红的对联写起来，红红的“福”字，请到家里来……

我们学会接受，也要学会舍弃。就像，春天正在路上时，你得珍惜冬的馈赠。

雪一片一片

读了几篇关于“雪”的文字，描述性的语言华丽充沛，文字堆积远远超出雪本身，说不出好与坏。近来对文字的钟爱稍稍改观，更喜有自己见地，亦有自己特征鲜明语言组织能力的，不矫揉，不造作，读着安心。但假期过去大半，书其实没读几本，时间去了哪儿，毫不自知。好在有温柔待己的宽容度，并不感觉愧疚与遗憾。

曲说，今年的雪是有生以来最盛大的一场。突然觉得用来形容雪，这句足矣。他以他二十年来的阅历告诉你，这是之最，也是当前唯一，那么剩下的，你完全可以用来想象。当然，这和每个人自己的过往认知相关，或情景交融，或克制有节。但这绝对比读任何一段具象的文字都有趣得多。

在南京，和曲坐在一家连锁烧烤店的窗前看雪纷飞。大年初四，店里却不清冷，持续到深夜，吃客来来去去，仍是络绎不绝。大家散落散座，高谈阔论，实在有市井的地气与喜气。彼时的雪落下是成型的，分明而洁净，一片，一堆。我从来没有在那样的时候与一群陌生人举杯畅饮过，他们喝着啤酒，我们端着椰子汁，互道新年好，说雪真够猛烈，迫不及待下来似的。雪夜里，与人互动的珍重，是宝贵的心得。在他乡，有隆重的归属感。

去酒店经过门口车场，询问停车事宜。大爷笑着热情招呼，说这里安全，雪也落不着，你将车移过来，反正入店住宿的免费。不习惯外人对己过度热情的自己，那一刻也消融。有时就是这样，在一个陌生的环境，你反而放松，能够坦诚接受一些善意的关爱，同时不会失却内心的安全感，感觉自然、合理。

与人争辩，一心取胜，说着负气的话。不过知道无妨，便不够慈悲。小的时候和妈妈说话大多如此，说着说着就来了脾气，说不想再理你，真的不理啊，再理就是小狗。也有软肋，与旁人不敢，懂得适时就收。这世间，恐怕也只有真正在乎你的人才会被你怒怼后还能够若无其事地叮嘱：大雪，早归。笑着看你吵，看你闹，大概才是深爱的本质。

行驶高速，选择一条不常走的道儿，沿途有山。确切地说，不过是些小土丘，重重叠叠，压着路崖一波一波的，倒也有点小气势。大雪覆盖后，原本光秃秃的丘头便也有了几份诗意，一路向前，竟有远离尘世的幻觉，仿佛行驶在云端，却有哼一曲《故乡原野》的冲动，很梦幻，很激荡，很幽深。

草坪上多出几个雪人，有悉心雕琢的，也有急于求成的。

从它们的模样猜测堆积它们的人，一定散发着不同的气场，或男或女，或老或小。由此及彼，是多年写字养成的习惯，多半一闪而过，是种心识，不一定全对。

陆陆续续，朋友圈里的雪下遍了大江南北，南方尤甚。北方的朋友不解，说厚了南方薄了北方，这是老天爷的不对。其实哪有，万物均衡，生长与衰败，繁盛与萧条，爱与恨，冷与暖，我与你。我们学会接受，也要学会舍弃。就像，春天正在路上时，你得珍惜冬的馈赠。一场雪，由着它飘落吧，飘着飘着，满眼欢喜。

后 记

花开寂寂，温暖继续

我知道，自己很是想写一些文字。很自然的，如同吃饭。或者，就如同喝小米粥吧。对于饭，我向来有些抗拒，家里人总说我是粥桶，并不无道理。可见，我这人是好养活的。不讲究的人，文字，自然也不那么讲究，想哪写哪，不拘形式，更不拘小节。有人说，我擅长散文。或许是吧，我看中那“散”字，挺符合我的性格，有些随性，有些慵懒。

好吧，那就随便写点什么吧。这个夜晚，没有月亮，没有星星，却也灯火阑珊。小城有小城的乐趣与便捷，一抬头，一俯首，总能一览无余。而城东城西的距离，一辆单车，就可以瞬间丈量。

我喜欢如此简单、快乐与自在的生活。在轻盈与厚重间，很容易就寻求到贴心的温暖。絮说，无论远近，你都是那个温暖的帘。那个清冷得有些令人无法触及的女孩儿，那个一直在孤独边缘挣扎与狂欢的女孩儿。但她，却给了我很多温暖。于是，常常会生出一些幻觉，絮，就在我身边的人群，稍稍一个眼神，便可唤出。小城的人来人往里，我有些着魔，期待，那一束光的闪现。

小城，是有变化的。变化的小城，有些，让人欣慰，有些，却是令人心痛。古老的石板街，从此只在记忆里亘古永恒。小巷的深处，再也走不出窈窕俏皮的少女，和颤颤巍巍一脸慈祥的迟暮老人。我想，絮，也不会从那回眸，冲我莞尔一笑。

其实，很多人，都和絮一样，陌生而熟悉地从身边流经过。小城不大，许多面孔也都似曾相识。那座桥，是我每日两来两回的必经之处，白色的雕栏，汉白玉一般，只有在剥落处才能看清一些泥浆的劣质。它总让我想起很多表面风光的人或事，于是，颇多的感叹。每每经过，总会忍不住抚摸那些伤痕，在风吹雨淋之后，它们的印迹越来越深，也终于，斑驳得不堪入目。

来来往往的人们，带着各自的目标，走向各自的终点。他们在桥上相遇，又在桥上分离。无法揣度他们的心理，却可以在擦肩而过之时，用浅短的眼神交流，然后相忘于时空。城市的悲欢离合，有时，真的抵不过一座桥的长度。

突然不知道自己该写什么。有时，就是这样。一段心情，一段空余的时光，会立马换成几行文字。不一定要有主题，只是这么随意敲击。至于成什么文，倒不是最重要的，重要的是，这段时光，我平淡地度过。

对于文字，有些慌乱，有些不知所措。

絮，你要是知晓，定会笑着说，帘，这样很好。文字不是拖累。而是听从内心。是的，桥，还是那座桥。小城，也还是这座小城。一切依旧。我们，也都还是各自安好着生活。偶尔，会有辉映，在文字里。

花开寂寂，很多的很多，都会在流年里褪色。唯有些温暖，一直在。